Fadéla Sebti
Ich, Mireille, als ich Yasmina war

Roman

Aus dem Französischen
neu übersetzt von
Nicolaus Bornhorn

Suhrkamp

Die Originalausgabe erschien 1995 unter dem Titel
Moi, Mireille, lorsque j'étais Yasmina
bei Les Éditions Le Fennec, Casablanca, Marokko
und 1997 in der Übersetzung von Kirsten Kleine unter dem Titel
Ich Mireille
im Donata Kinzelbach Verlag

suhrkamp taschenbuch 3306
Erste Auflage 2004
© Les Editions Le Fennec, Casablanca, Maroc, 1995
© der deutschen Ausgabe Suhrkamp Verlag Frankfurt am Main 2004
Suhrkamp Verlag Frankfurt am Main 2004
Satz: Hümmer GmbH, Waldbüttelbrunn
Druck: Nomos Verlagsgesellschaft, Baden-Baden
Printed in Germany
Umschlag: Göllner, Michels, Zegarzewski
ISBN 3-518-39806-7

1 2 3 4 5 6 – 09 08 07 06 05 04

suhrkamp taschenbuch 3306

»Ich heiße Mireille. Man hat mich in Yasmina umbenannt. Das ist mein arabischer Vorname. Der, den Nadir für mich ausgewählt hat, als ich mich, nachdem ich ihn aus Liebe geheiratet hatte, zum Islam bekannte, aus Gründen der Anpassung.«

Die französische Jurastudentin Mireille verliebt sich in Aix-en-Provence in den Marokkaner Nadir und folgt ihm nach Casablanca. Aber die Anpassung an den »sonderbaren Gott, der es den Männern erlaubte, vier Frauen zu heiraten und sie zu verstoßen, wann immer es ihnen gefiel«, gelang ihr nicht. Nadir verstößt »die sanfte Studentin, die ich zu meiner Frau gemacht hatte«, weil sie immer »geringschätziger, überheblicher wurde«. Zu verschieden sind ihre Lebensentwürfe. Verstoßen und somit »definitiv aufgenommen in den Schoß islamischer Frauen, jener Menschheit zweiter Klasse«, lernte sie zweifach zu existieren: »als Yasmina, die Unterwürfige, und als Mireille, die Revoltierende«. Mireille verliert den Kampf.

Fadéla Sebti arbeitet als Anwältin in Casablanca. Ihr 1995 erschienener Roman ist in Marokko ein Bestseller.

Ich, Mireille, als ich Yasmina war

Prolog I

Ich hieß Mireille. Man hat mich in Yasmina umbenannt. Das ist mein arabischer Vorname. Der den Nadir für mich ausgewählt hat, als ich mich, nachdem ich ihn aus Liebe geheiratet hatte, zum Islam bekannte, aus Gründen der Anpassung.

Abgespielt hat sich dies im Hause Shamas, meiner jüngsten Schwägerin. Zwei Adoul* befanden sich dort, ein junger und ein alter, beide in reine weiße Djellabas gekleidet und beschuht mit gelben Pantoffeln.

In dem großen marokkanischen Salon, der Familienzeremonien vorbehalten war, hatten Nadir, meine Schwägerinnen und meine Schwiegereltern sich in einer Ecke versammelt, wohl um eine Vertraulichkeit zu schaffen, die die Größe des Salons nicht nahelegte.

Die beiden Adoul hatten die Beine angezogen und sich im Schneidersitz niedergelassen; die gelben Pantoffeln standen akkurat, Paar an Paar, vor ihnen auf dem Boden, als sollten sie jegliche Unklarheit angesichts dieses augenscheinlichen Laisser-aller beseitigen.

Der Blick des Alten streifte mich, bar jeden Ausdrucks. Als Zeichen des Verhandlungsbeginns reichte ich ihm schüchtern die Hand und erhielt als Antwort ein lebloses Etwas, dessen Schlaffheit eindeutig be-

7

legte, daß ihm der Handkuß vertrauter war als ein frei-mütiger Händedruck.

Ich zog sie schnell zurück und wandte mich dem Jüngeren zu, dessen offenes, freundliches Gesicht mir ein wenig Trost gab.

Ich setzte mich neben Shama.

Shama und Nadir tauschten mit den beiden Adoul einige Höflichkeiten aus, eine unerläßliche Gesprächs-einleitung in diesem Land mit seinen althergebrach-ten Traditionen.

Dann trat eine Gesprächspause ein, und mit einem Räuspern bedeutete der Alte, daß die Zeremonie be-ginnen konnte.

Er stellte eine Frage auf arabisch, die der Jüngere sogleich in ein zweifelhaftes Französisch brachte.

»Warum möchten Sie Muslime werden?«

Ich wußte, welche Antwort meine beiden Prüfer er-warteten. Ich hatte mich darauf vorbereitet. Ich hatte diese Szene mit Shama geprobt, so wie man einen Sketch zur Erheiterung der Ränge probt.

»Hör mal, das ist eine simple Formalität«, hatte sie mir versichert, um mir meine Skrupel zu nehmen.

Warum dann plötzlich dieses Zögern?

Die Worte blieben mir im Hals stecken. Ich hatte mit einem Mal das Gefühl, daß das, was ursprüng-lich als harmloser Scherz gedacht war, die Form un-bedingter Verpflichtung annahm. Es war, als wolle eine unsichtbare Kraft mich davon abhalten, eine un-widerrufliche Handlung zu begehen.

Mir kam die Erinnerung an ein kleines Mädchen in weißer Albe, Braut für einen Tag inmitten ihrer Gefährtinnen, so stolz auf ihren göttlichen Herrn, dem sie gerade ihr Leben geweiht hatte.

Ich war zwölf Jahre alt, war gehüllt in den Nimbus heiligender Gnade und schritt, oder vielmehr wandelte hingerissen an der Seite meiner Eltern, im Zustand vollständiger Glückseligkeit. Ohne das ganze Ausmaß des Rituals zu erfassen, dem ich mich unterzog, war ich mir doch sicher, zu den Auserwählten zu gehören, die sich am Tage der Auferstehung an der Seite des Herrn wiederfinden würden.

Ich lächelte angesichts meiner kindlichen Illusionen.

»Nun?« flüsterte die gereizte Stimme Nadirs mir zu.

Meine Antwort schoß aus mir heraus.

»Um meine Kinder im islamischen Glauben aufzuziehen (Judas ...).«

»Recht so! Sie kennen die Gebote des Islam?«

Dies war mehr Bestätigung als Frage. Ohne eine Antwort abzuwarten, begann der Alte, sie mit eintöniger Stimme aufzuzählen, und der andere übersetzte sie, simultan und offensichtlich nur oberflächlich.

»Vorab: Es gibt nur einen Gott, und Mohammed ist sein Prophet. Man muß Almosen geben. Desgleichen muß man während des heiligen Monats Ramadan fasten und, wenn man die Mittel dazu besitzt, auf Pilgerfahrt nach Mekka gehen. Und schließlich muß fünfmal am Tag gebetet werden.«

Ich hörte nicht mehr zu. Ich hatte plötzlich das Empfinden, getäuscht worden zu sein. Ich hatte dieser Maskerade der Bequemlichkeit halber zugestimmt: Sollte er sterben, während unsere Kinder noch minderjährig sind, so Nadir, bekäme ich keinerlei Sorgerecht für sie, wenn ich nicht Muslime wäre. Auch könnte ich ihn nicht beerben, weil ein Nicht-Muslim keinen Muslim beerben darf. Er hatte mir in aller Ruhe dargelegt, daß dies, jenseits aller persönlichen Ansichten, das Gesetz seines Landes sei und daß es besser sei, es einzuhalten, da wir nun einmal in diesem Lande wohnten.

»Sprechen Sie mir die Fatiha* nach: ›Gelobt sei Gott, der Herr der Welten, der überaus Barmherzige . . .‹«

Ich sprach sie ihm stockend nach und versuchte dabei, die Laute so wiederzugeben, wie ich sie wahrnahm.

Ich, die seit der feierlichen Kommunion nie wieder den Fuß in eine Kirche gesetzt hatte, mich seitdem als Atheistin verstand, weil ich Gott nie wieder angerufen hatte, es sei denn mit einem bestürzten »O Gott!« in Augenblicken großen Schreckens oder einer von Mehdi oder Sophia begangenen Dummheit, ich verspürte mit einem Mal eine immense Leere in mir, so als hätte ich ein geliebtes Wesen verloren. Ich hatte gerade meinem christlichen Gott abgeschworen, an den ich nicht mehr zu glauben meinte, um mich einem mir unbekannten und so sonderbaren Gott anzuschließen, der es den Männern erlaubte, vier Frauen zu heiraten und sie zu verstoßen, wann immer es ihnen gefiel. Ich hatte das ahnungsvolle, tiefdringende Gefühl, etwas nicht Wiedergutzumachendes zu begehen.

Mehr als in all den Jahren, in denen ich mir soviel Mühe gegeben hatte, mich den von den meinen so verschiedenen Sitten anzupassen, hatte ich in diesem Augenblick, innerhalb weniger Minuten, meiner Identität entsagt. Ich war eine andere geworden. Eine andere, die nur noch Yasmina zu nennen man sich anmaßte, hatte doch Yasmina selbst Mireille verleugnet.

Als erster änderte Nadir sein Verhalten. Als würde die Tatsache, daß ich seine Religion angenommen hatte, ihm neue Rechte mir gegenüber verleihen. Als ob die Zurückhaltung, die er sich mir gegenüber auferlegt hatte, sich nur dieser Grenze verdankte, die ich so unbedacht geöffnet hatte, um ihm mehr Macht über mich zu geben. Er begann Scherze zu machen, die nicht eigentlich böswillig waren, sagte, daß ich mich, da ich den Islam akzeptiert habe, seinen Regeln nicht widersetzen könne und er also das Recht habe, drei andere Frauen zu nehmen. Doch solle ich mir deshalb keine Sorgen machen, ich würde immer seine Lieblingsfrau bleiben. Auch fand er Gefallen daran, arabische Sprichwörter zu zitieren. Sein Lieblingssprichwort lautete: Man muß seine Frau jeden Morgen schlagen; wenn der Mann nicht weiß warum, die Frau weiß es bestimmt.

Ich fand diese Scherze eher geschmacklos, ließ mir aber nichts anmerken. Ich empfand Unbehagen angesichts dieses neuen Bandes, das zwischen uns entstanden war, dieser vulgären Vertraulichkeit, die mich in meiner Intimität störte und mit jeder neuen Äußerung das Gefühl verstärkte, erniedrigt zu werden.

Jahrelang führte Yasmina Kampf gegen Mireille, unausgesetzt und an allen Fronten zugleich, milderte ihre Worte, kam ihren Grobheiten zuvor, schliff einen Charakter ab, dessen Feuer jedoch nichts zu löschen vermochte: weder die Religion noch die Sitten.

Heute, da man mich verstoßen hat, ganz so wie man eine Hausangestellte entläßt, zerreißen mir, Mireille, all jene verscharrten Tage, in denen ich Yasmina hieß, das Herz; Tage, in denen ich so viel Kraft darauf verwandte, mich dem Bild anzugleichen, das man von mir hatte. Es zerreißt mich, all meine Gefühle beiseite gefegt, in Herz und Kopf Tabula rasa gemacht zu haben. Es zerreißt mich, jeden Abend die Miene der glücklichen Penelope aufgesetzt zu haben, wo doch der Erinnye der Sinn einzig nach Schelten stand. Und es zerreißt mich, Nadir dabei zugesehen zu haben, wie er sich ausschüttete, sich ergoß, und ich dies aufwischen, in mich aufsaugen mußte.

Heute will ich, vom Grund meiner verhöhnten Würde, von meiner Enttäuschung, meinem Zorn sprechen, will meinen in den Eingeweiden wühlenden Abscheu herausschreien gegen die Lage, die mir aufgezwungen wurde, herausschreien die Demütigung, zu jenen amputierten, von Geburt an herabgesetzten Frauen gehört zu haben. Ich möchte diese so lange unterdrückte Stimme zu Gehör bringen, damit sie auf immer erlöschen kann.

Prolog II

Als Kind war ich im Verlauf der zahlreichen Familienfeste tief beeindruckt vom Schauspiel, das eine meiner Tanten bot. Ich verbrachte Stunden damit – so zumindest mein Eindruck –, dieses Traumgeschöpf zu betrachten, dessen luftige Kleider und bloßes Haupt mich hypnotisierten.

Entdeckt hatte mein Onkel sie irgendwo in Frankreich, wo er zum Studieren hinging. Zwar schloß er seine Studien nicht ab, aber die Trophäe, die er uns als Ersatz vorführte, wog in meinen Augen alle Urkunden Frankreichs und Navarras auf.

Unsere Familie war sehr liberal, sie hatte als erste eine Repräsentantin der Schutzmacht in ihren Schoß aufgenommen.

Die Reaktionen auf diese Heirat waren sehr gemischt.

Die Männer nahmen gegenüber Françoise (so ihr Name) eine eher willfährige Haltung ein, die Haltung des Eunuchen seiner Herrin gegenüber, die des unerfüllten Begehrens. Was die Frauen betraf, so verbargen sie ihre Eifersucht hinter beißenden Bemerkungen in arabischer Sprache, die sie unter großem Gelächter vorbrachten; sie machten sich lustig über ihre, wie sie sagten, linkische Art, sich zu kleiden, und verspotteten ihre ungeschickten Versuche, mit drei Fingern ansprechend zu essen.

Ich, in meiner Ecke, träumte von diesem Land, wo die Frauen so schön waren, und gab mir das Versprechen, daß meine Frau später mindestens ebenso schön wäre wie Françoise, daß sie diese Sprache, die nur wenige Mitglieder der Familie beherrschten, ebenso gut spräche wie diese, daß sie in demselben kristallinen und offenen Tonfall, der sie zum Blickfang aller machte, lachen würde.

Eines Tages war Françoise verschwunden. Ich erfuhr, daß sie das Land verlassen, ihre beiden Jungen mitgenommen hatte, daß sie nach Hause, nach Frankreich, zurückgekehrt war, weil sie sich unserer Lebensweise nicht hatte anpassen können. Ich war furchtbar betrübt darüber, vor allem stürzte mich dies jedoch in große Verwirrung. Ich stellte die Welt, in der ich lebte, in Frage.

Wenn Françoise, die so vornehm, so geschmackvoll war, unsere Sitten nicht geschätzt hatte, so hieß dies gewiß, daß sie nicht gut waren.

Ich begann, meine Umgebung mit anderen Augen zu betrachten, lauerte darauf, was als gutes, was als schlechtes Verhalten galt. In Wahrheit fiel es mir sehr schwer, eine gegebene Situation zu beurteilen, und oft geriet ich derart in die Klemme, daß Zweifel, ja Angst mich überkamen.

Die Schule kam mir im rechten Augenblick zu Hilfe.

In bestimmten marokkanischen Familien gehörte es zum guten Ton, die Kinder auf die Schulen der Mission Universitaire et Culturelle Française zu schicken, und dies um so mehr, als die Franzosen Vorrang hatten, den Marokkanern nur ein geringes Kontingent zugebilligt wurde und somit nur die Elite unserer Bourgeoisie Einlaß fand. Ich gehörte zu dieser Elite, hatte also Zugang zur Mission.

Ich machte dort die Entdeckung, daß unsere Vorfahren Gallier waren, lernte die Namen der französischen Könige, hörte von ihren Heldentaten. Von den Arabern erfuhr ich nur, daß Charles Martel ihnen bei Poitiers eine Niederlage beigebracht hatte.

Die Staatsbürgerkunde bereitete mich auf die Rolle des guten kleinen Citoyen vor. Im Pausenhof sangen wir Lieder zur Ehre Frankreichs:

>>Napoleon starb auf Sankt Helena
Auf Sankt Helena starb Napoleon
    Vive la France!
    Vive la France!<<

Ich weiß nicht, welch unerklärliche Regung mich Sechsjährigen davon abhielt »Vive la France!« zu rufen. Ich sehe mich noch die Wörter nachahmen, ohne daß der geringste Laut meine Kehle verläßt, während ich ganz leise, aber schnell, um im Rhythmus des von meinen Kameraden gesungenen Liedes zu bleiben, flüstere: »Vive le Maroc!«, so als könnte meine musikalische Kollaboration mit der Schutzmacht den Gang der Geschichte beeinflussen, als könnte ich einzig mit

der Kraft des kleinen patriotisch gesinnten Schülers –
noch bevor ich diesen Begriff kannte – das Schicksal
beschwören.

Ich versuchte nicht, meine Reaktion zu verstehen,
spürte nur undeutlich, daß ich einen Verrat beginge,
wenn ich ein Land, das das meinige als Geisel hielt,
hochleben ließe.

Zwiespältige Gefühle meinen Klassenkameraden
gegenüber schlugen Wurzeln in mir, eine Mischung
aus Bewunderung und Haß, ein vages Erkennen der
verborgenen Machtverhältnisse, die mein gesamtes
Leben beeinflussen sollten.

Die Kindheit ging vorüber.

Die Jugend kam, und in ihrem Gefolge die Ableh-
nung der Familienstrukturen, die Infragestellungen.
Bedingungslos nahm ich das fremde System an, von
dem ich durchdrungen war.

Die Jugend brachte aber auch ihre Zweifel mit
sich, die Beziehungen zu den Klassenkameraden waren nicht mehr so eindeutig: ein Hauch unkontrol-
lierter Arroganz hier, eine Spur unbewußter Demütigung dort.

Was die Mädchen betraf, so waren sie von der Religion gehütetes Jagdrevier für die einen, für die andern ein unzugängliches Schutzgebiet, abgeschirmt
von einem Gefühl, das stärker noch war als das durch
die Religion oder das Gesetz eingebleute: vom Gefühl,
daß sie unerreichbar waren.

Ich habe Nadir in Aix-en-Provence kennengelernt, im Januar des Jahres 1968, zu Beginn unseres zweiten Studienjahres der Rechtswissenschaften.

Mir war dieser große Bursche, auf den Marie-Laure und Catherine, meine langjährigen Freundinnen, mich aufmerksam gemacht hatten, schon im Vorjahr aufgefallen. Sie hatten ihn sehr reizvoll gefunden, trotz des sich lichtenden Haupthaares, doch schnell durchgeführte Nachforschungen ergaben, daß er Marokkaner war. Sie schlossen das kaum skizzierte Kapitel mit der Bemerkung: »Schade, es ist ein Araber.«

Ich war in meinen Urteilen viel gemäßigter als sie und rügte sie oft ihrer bissigen Bemerkungen wegen. Freilich umfaßte in der Avenue du Prado, wo die Eltern Marie-Laures und auch die von Catherine wohnten, die Bezeichnung »Araber« unterschiedslos alles, was von brauner Hautfarbe oder kraushaarig war.

Eines Tages kreuzten sich am Ende einer Übung, als Nadir mich ansprach und nach dem Titel des folgenden Referates fragte, unsere Blicke, und ich wurde von diesen großen, gelbgefleckten Nußaugen mit den langen schwarzen Wimpern völlig aus der Bahn geworfen. Überrascht stammelte ich irgend etwas, es täte mit leid, ich hätte die Liste der Referate nicht dabei, ganz gewiß aber bei der nächsten Übung oder vielleicht schon morgen, ja, bei der Vorlesung über Verfassungsrecht würde ich sie ihm geben können.

Mein Redefluß erstaunte ihn: offensichtlich hatte er nicht erwartet, daß eine einfache Frage ein solches Interesse meinerseits auslösen könnte (schon die bloße Erinnerung daran treibt mir noch heute das Rot in die Wangen). Er kniff die Augen zusammen, sah mich schalkhaft an und lud mich ein, mit ihm ein Gläschen auf der Terrasse des *Trois Magots* zu trinken.

Ich nahm die Einladung auf der Stelle an.

Im Lauf der Tage blieb mir immer weniger Zeit, die Vorlesungen der Fakultät zu besuchen, weil es galt, das kleine Studio sauberzuhalten, das wir gemietet hatten, um zusammenzuleben, weil es billiger war, wenn ich dort selbst kochte, weil die zahlreichen marokkanischen Freunde Nadirs es sympathischer fanden, hingelümmelt auf dem bunten Teppich aus *Tazenaght*, den Nadir bei seiner ersten Reise nach Frankreich wie ein Fleckchen Heimaterde mitgebracht hatte, über die großen Probleme dieser Welt zu debattieren.

Ich war hoch erfreut, als ich erfuhr, daß die Prüfungen im Juni wegen der Ereignisse des Mai 68 ausfielen, und nahm mir vor, die großen Ferien zu nutzen, um das Programm des abgelaufenen Jahres durchzugehen.

Doch am Vorabend des Ferienbeginns beschloß Nadir, mit mir in das mir unbekannte Marokko zu reisen.

Um die Sitten, die er mir erklärte, zu respektieren, quartierte ich mich in einem Hotel in der Nähe der Wohnung seiner Eltern ein. Er hatte beschlossen, mich als Studienkollegin auszugeben, die er gebeten hätte, ihn zu besuchen, falls die Reiseroute sie nach Casablanca führen sollte.

Ich wurde mit neugieriger, wenngleich zurückhaltender Höflichkeit empfangen.

Nadir verbeugte sich vor seinem Vater und ergriff seine Hand, um sie zu küssen. Ich sperrte die Augen auf vor Staunen, und dann war es an mir, ihn zu grüßen. Außer Fassung geraten, schüttelte ich ein wenig zu heftig die Hand, die mir der sitzende, mich aufmerksam musternde Mann entgegenstreckte. Unwillkürlich verbeugte ich mich tiefer als nötig gewesen wäre, als wollte ich mich für einen möglichen Mangel an Achtung entschuldigen.

Bei Tisch war Nadir Objekt der Fürsorge von Mutter und Schwestern. Sie reichten ihm abwechselnd sorgsam ausgewählte Bissen des jeweiligen Gerichts, die er jedoch kaum kostete und gleich wieder auf den Teller zurücklegte.

Als Nadirs Mutter mir einen Hähnchenschenkel anbot, den sie mit Hilfe Shamas, die den Rest des Hähnchens festhielt, abtrennte, zögerte ich einen kurzen Augenblick, doch als ich die kaum merkliche Erwartung in Nadirs Blick sah, nahm ich dankend an und biß, meinen Widerwillen überwindend, hinein, während ich über die Verhältnismäßigkeit der Sitten nachsann.

Im Verlauf des gesamten Essens war das Gespräch angeregt und laut, unterbrochen nur von regelmäßig ausbrechendem Gelächter. Man warf sich Fragen zu, fiel sich gegenseitig ins Wort.

All dies war seltsam, aber freundlich, ungewöhnlich, aber warmherzig. Denn ich bemerkte, daß jeder trotz allem respektiert wurde und die Beziehungen aufrichtig waren; dies führte mich in Gedanken zurück zu den Ferien, die ich mit der Familie in jenem alten, inzwischen zum Altenheim umgewandelten Gemäuer in Argenton-l'Eglise verbracht hatte.

Ich kam oft zurück, begann, diese Menschen, deren Gesellschaft mir friedliches Wohlbehagen bereitete, liebzugewinnen. Mir gefiel es, Nadir auf Händen getragen zu sehen von den Frauen seiner Familie, noch dem kleinsten Wunsch kamen sie zuvor. So, als Objekt ihrer Zuneigung, erschien er mir größer, noch bedeutender. Wenn er aber das Wort an den Vater richtete, zeugte sein Verhalten von Ehrerbieten. Dieses System abgestufter Beziehungen mutete so natürlich an, als sei es eingeschrieben seit unvordenklichen Zeiten.

Das Leben kam mir hier einfacher vor. Einfacher und wahrer.

Ich war glücklich.

Zu Semesterbeginn kehrte ich nicht mehr an die Fakultät zurück.

Das ist jetzt zehn Jahre her.

Heute vegetiere ich im Schatten meines Gatten da-

hin, im Schatten von Maître Nadir B., einem der ton-
angebenden Anwälte des Barreau* von Casablanca.

Nadir, der einem wohlhabenden bürgerlichen Milieu
entstammte, erschloß mir, was Sitten und Lebensstandard betraf, eine zweifach unbekannte Welt.

Ich gewöhnte mich sehr schnell an die Sitten, die,
wenn sie auch originell waren, sich von den meinigen
nicht grundsätzlich unterschieden, hatten sie doch
bei diesen viele Anleihen gemacht. Daraus resultier-
te ein oft überraschendes Amalgam, und die Tatsache, daß inmitten eines arabisch geführten Gesprächs
französische Wörter auftauchten, war für mich immer wieder Anlaß zur Verwunderung. Ausgehend von
diesen Bruchstücken, versuchte ich, den Inhalt des
Gesprächs zu verstehen. Bisweilen glitt die in einer
Sprache begonnene Diskussion in die andere hinüber,
ohne daß es die Gesprächspartner Mühe kostete.

So wie sie mit Worten jonglierten, wechselten die
Frauen auch den Kleidungsstil, trugen den Minirock
mit der gleichen Ungezwungenheit wie den Kaftan.

Ich gebe zu, daß ich sie zuzeiten um diese perfekte
Aneignung zweier Kulturen, zweier Lebensstile beneidet habe.

Marie-Laure und Catherine sprachen oft Englisch
miteinander. In jedem Sommer schickten ihre Eltern
sie für einen Monat nach Brighton zu einer englischen
Familie, die sie dann im darauffolgenden Monat in Be-
gleitung ihrer eigenen Töchter zurückschickte. Durch

Zufall aufgenommen in ihren vertrauten Bund, spürte ich in jenen Augenblicken, da die Unkenntnis der Sprache mich aus ihrem Gespräch ausschloß, mein Anderssein.

Hier dagegen repräsentierte ich jene Sprache, die zu sprechen der gute Ton gebot, auch wenn sie nicht jene war, auf die man sich bezog.

So empfand ich mich auch leicht überlegen, gerade ausreichend, um meine Versuche, mich den örtlichen Gewohnheiten anzupassen, in liebenswürdige Herablassung zu verwandeln.

Dieser Eindruck der Überlegenheit war um so erlesener, als ich mich in einem höhergestellten sozialen Milieu bewegte.

Mein Vater, Dachdecker von Beruf, hatte seinen Kindern den Wert des schwer verdienten Geldes eingeprägt; meine Mutter hatte die Entbehrungen ihrer irdischen Existenz mit dem Glauben an die Kirche verrechnet.

Nie zuvor hatte ich Gelegenheit gehabt, einer solchen Zurschaustellung von Überfülle und Reichtum beizuwohnen. Die Frauen, mit denen ich verkehrte, trugen tagtäglich Schmuckstücke und eine Garderobe, die ich mir zu der Zeit, da ich noch in Frankreich lebte, nicht einmal als Abendtoilette erträumt hätte. Nadir hatte mich im übrigen zur Hochzeit mit zwei Garderoben (einer marokkanischen und einer europäischen) ausgestattet sowie einem breiten goldenen Gürtel, dessen Schnalle mit Rosetten verziert war und der zur Schnürung des Kaftans diente, als auch einem Paar goldenen, in Brillanten gefaßten Ohrringen, die ich selbst bei *Minaudière* ausgesucht hatte und deren Preis mich damals hatte schaudern lassen.

Zu den Besonderheiten und Annehmlichkeiten der muslimischen Religion gehört es, daß der Gatte seine Ehefrau mit einer Mitgift ausstattet; sie bezeugt einerseits das ihr entgegengebrachte Interesse, andererseits aber auch den eigenen materiellen Wohlstand.

In Wahrheit waren es Nadirs Eltern gewesen, die es ihm ermöglicht hatten, mir diese prachtvollen Geschenke zu machen. Später, im Laufe der Jahre, habe ich dann erfahren, daß Nadir mich freiwillig verwöhnt hatte, denn diese Tradition wird oft umgangen, wenn es sich bei der zukünftigen Gattin um eine Ausländerin handelt.

Doch Nadir hatte alles im Einklang mit der Tradition machen wollen, was er dann auch in der Folge, zur Zeit des Ramadan, unter Beweis stellte.

2

Für einen westlichen Geist ist der Ramadan zweifellos jener fremdländische Brauch, der am schwierigsten zu verstehen ist.

Für die Moslems ist er gleichbedeutend mit Fasten, das von Sonnenaufgang bis -untergang währt; für den weltlich Gesinnten aber ist es ein Monat großer Verunsicherung.

Wie habe ich sie gehaßt, diese nicht enden wollenden Mahlzeiten, die sich über den gesamten Monat hinzogen!

Sie verliefen immer auf die gleiche, unumstößliche, von verstaubten Sitten diktierte Art. Nur der Rahmen wechselte.

Zwei oder drei Minuten vor Ende des Fastens nahmen alle um den niedrigen Tisch herum Platz und betrachteten voller Entzücken die Süßigkeiten, die zur Harira* gereicht werden: Honigkuchen, die jede Hausfrau, die auf sich hält, selbst zubereiten sollte, aus Mandelpaste gefertigte und ebenfalls mit Honig überzogene briques**, sowie dicke, ölige Datteln. Und schließlich hartgekochte Eier, die auf ihren Bechern thronten und deren bizarrer Anblick mich schon seit langem nicht mehr beeindruckte.

Eine Minute bevor die Stimme des Muezzins in der gesamten Stadt anhob – das Signal für den Ansturm auf alles, was die Tafel bieten und der Magen fassen kann –, traf die dampfende Suppe ein. Eine halbe Stunde lang verlief das Gespräch langsamer, beschränkte sich auf die gängigen Höflichkeitsformeln.

»Die Honigkuchen Salimas sind dieses Jahr wirklich am besten gelungen«, sagte Shama.

»Die von Mutter sind knuspriger«, erwiderte Nadir.

Die Hungrigsten gaben kein Wort von sich.

Lustlos und häppchenweise aßen dagegen alle, die wie ich nicht fasteten oder die ihre Tage hatten und deshalb diesem heiligen Ritual nicht nachkommen konnten; die versäumten Tage jedoch blieben sie dem Herrn schuldig, sie mußten sie Ihm vor dem nächsten Ramadan fastend zurückerstatten.

Nach der Suppe standen alle vorübergehend vom Tisch auf, um den Kaffee oder Tee im kleinen Salon zu sich zu nehmen, während die Hausangestellten den Tisch für das eigentliche Mahl neu deckten.

Dies war die Stunde der Verdauungsschläfrigkeit.

Erschlagen von der raschen und massiven Aufnahme zweier Schalen Suppe, gefolgt von zwei, drei Honigkuchen, einigen Datteln und – für die Mutigsten – einem hartgekochten Ei, berauscht vom Duft der ersten Zigarette, legten die Männer sich hin, um ein Nickerchen zu halten, bevor die zweite Etappe eines Marathons begann, dessen Einzelheiten allen bekannt waren: eifrig wieder der Tafel zustreben, zum Diner, darauf endloses Kartenspiel, bis tief in die Nacht hinein.

Was die Frauen betraf, so machten sie es sich bei einem Film bequem und tratschten im Anschluß, oder tratschten zuerst, um sich dann einen Film anzusehen. Wobei es allen darum ging, wach zu bleiben, bis ein festes Nachtmahl, das aus einer Auswahl von Pfannkuchen bestand, seinen Platz fände in Mägen, die schon vollauf mit der mühsamen Verdauung beschäftigt waren.

Mir waren diese Abende verhaßt.

Nachdem die erste Begeisterung aus Wißbegier vorüber war, war ich nur noch bereit, die ersten Tage des Ramadan mit den anderen zu verbringen. Ich lebte also im Gegenrhythmus, wachte jeden Morgen in einer toten Stadt auf, wo jegliche Tätigkeit erst zu fortgeschrittener Vormittagsstunde möglich wurde, und ging schlafen zu einer Stunde, da eine außerordentliche Geschäftigkeit um sich griff, die von ausgehungerten und nach Kartenspiel gierenden djinns* bevölkert war.

Zwischen uns hatte sich noch nichts geändert, abgesehen von diesen Abenden, zu denen Nadir mit etwas schuldbewußter Miene aufbrach. Nadir fastete nicht, aus Mangel an Überzeugung. Wir nahmen ein kräftiges Frühstück zu uns, dann machte er sich auf ins Büro und war erst gegen fünfzehn Uhr zurück.

Nach einer kurzen Siesta schlenderten wir die Küstenstraße entlang und warteten auf das Ende des Fastens. Trauben von Menschen folgten derselben Route wie wir: ein Spaziergang auf den Hügel von

Anfa mit anschließendem Abstieg entlang des Boule-
vard de la Corniche. Es war die Stunde, da der Boule-
vard überquoll von ausgehungerten Menschen, die
sich mehr schlecht als recht zu zerstreuen suchten,
um die zwei Stunden bis zum Ruf des Muezzins vom
Stadtminarett aus zu überbrücken. Die Frauen trugen eigens für diese Parade gekaufte Jogginganzüge
zur Schau. Jedesmal, wenn sie mir begegneten, zog
ich ein Gesicht: was sich meinem Blick darbot, war
eine Folge zumindest freigebiger, wenn nicht molli-
ger oder gar aufgedunsener Silhouetten. Salima, die
älteste meiner Schwägerinnen, hatte mir schon oft
vorgeschlagen, mich der Gruppe ihrer Freundinnen
anzuschließen, doch war ich dem immer ausgewichen.

Vor uns wogten die Gesäße, von links nach rechts,
von rechts nach links, eins, zwei, eins, zwei. Sieh da!
Gerade kommt Salima vorbei. Sie gehört zur Kate-
gorie der Molligen.

»Hallo, ihr beiden. Ich halt' nicht an, sonst komm'
ich aus dem Rhythmus. Vergeßt nicht, daß ihr morgen zu uns zum Essen kommt. Bye! Bye!«

Wir gingen zu Salima, zu Shama oder zu meinen
Schwiegereltern.

Zu meinen Schwiegereltern, zu Shama oder zu
Salima.

Und dann kündigte Mehdi sich an ...

3

Nadir war außer sich vor Freude. Er streichelte liebevoll meinen Bauch.

»Mein Sohn, denn es wird ein Sohn, wird gewiß ein bedeutender Mann. Und ein guter Muslim.«

»Warum ein guter Muslim? Ein bedeutender Mann würde mir auch reichen. Und selbst ein Mann täte es schon.«

»Weil ich ein Muslim bin. Und ich bin der Chef hier, nicht wahr? Also wird mein Sohn ein Muslim.«

Eines Tages fragte mich Nadir:

»Und wenn auch du Muslime wirst? Das wäre doch besser für unsere Kinder.«

»Und wenn du Katholik würdest, das wäre doch auch nicht schlecht, oder?«

Nadir sah mich aus den Augenwinkeln an. Mit jenem Ausdruck, den er immer dann hatte, wenn er einen neuen Gedanken ins Spiel brachte und mich ausforschen wollte, bevor er ihn weiterentwickelte.

Wir hatten dieses Thema noch nie angeschnitten, seitdem wir uns kannten: schon oft hatte ich mit Furcht daran gedacht und war jetzt trotzdem überrascht.

Nadir nutzte mein Zögern, um sich ein Herz zu fassen.

»Es ist vielleicht einfacher, weißt du, wenn du dich

zum Islam bekehrst. Ich weiß nicht, was aus dem Kleinen werden soll, halb Marokkaner, halb Franzose, halb Muslim, halb Katholik. Da wir doch beschlossen haben, in Marokko zu leben, sollten wir auch folgerichtig handeln. Wir werden doch aus unserem Kind keinen Außenseiter machen.«

Ich blieb auf der Hut und wich aus.

»Die Frage scheint mir falsch gestellt. Du bleibst, der du bist, und ich bleibe, die ich bin, welche Religionszugehörigkeit auch immer wir haben mögen. Und was heißt überhaupt Zugehörigkeit! Ich würde sie eher als Etikette bezeichnen. Wir haben ein religiöses Aushängeschild, mehr nicht. Ich verstehe nicht, warum du dem soviel Bedeutung beimißt.«

»Ich messe dem Bedeutung bei, weil es eine Realität ist. In jedem Fall werden unsere Kinder Muslims sein vor dem Gesetz, sind sie doch gehalten, die Religion des Vaters auszuüben. Aber ich würde es begrüßen, wenn du dich mit der Frage beschäftigst und erkennst, daß es besser wäre, wenn sie ein Beispiel des Zusammenhalts vor Augen hätten.«

In den darauffolgenden Monaten sprachen wir nicht mehr darüber.

Und dann kam Mehdi zur Welt. Und sieben Tage später kam die Taufe, zu der auch das Schaf gehörte, dem man morgens zum schrillen Geschrei der Frauen und dem Ruf »Mohammed Mehdi«* die Kehle durchschnitt.

Diese Geburt wurde für Nadir zur Offenbarung, er

glaubte, mit einer neuen Verantwortung konfrontiert zu sein.

Die Zuneigung des Vaters zum Sohn, den ich ihm geschenkt hatte, stimmte mich eher zärtlich, doch ich mußte bald einsehen, daß ich nicht berücksichtigt wurde. Nur die väterliche Linie zählte. Ich war nur die anonyme Gebärende, die man vernachlässigen konnte.

Ich erinnere mich noch, wie groß meine Überraschung war, als ich später zum ersten Mal unser Familienstammbuch einsah.

Auf der linken Seite befanden sich die Eintragungen, die Nadir, das Familienoberhaupt, betrafen: der Familienname des Genannten, sein Vorname sowie der Vorname seines Vaters. Die Mutter war nicht erwähnt, als sei der Genannte die Frucht einer geheimnisvollen Parthenogenese.

Auf den Seiten, die den Kindern gewidmet waren, standen der Vorname des Kindes, jener der Mutter, Tochter von ..., Ort und Zeitpunkt der Geburt der Mutter. Für jedes Kind mußte also der Vorname der Mutter angegeben werden, ein Beweis dafür, daß auf dieser Seite das genetische Band wechseln konnte.

Auf der Seite, die sich auf die Geburt Mehdis bezog, war mein Vorname vergessen worden, und bei meinem Geburtsdatum hatte sich ein Fehler eingeschlichen, der siebte Dezember war zum dritten Dezember geworden.

Ich wies Nadir darauf hin, daß meine Beteiligung

keine Spuren hinterlassen habe, was er lachend ein-
räumte.

Die Geburt Mehdis gab Anlaß zu lautstarken Freudens-
bekundungen in der Familie meines Mannes. Meine
Schwiegermutter, von allen »Lalla« genannt, vergöt-
terte dieses Kind, das ihr erlaubte, die Enttäuschung
darüber, nur einen Sohn gehabt zu haben, zu kom-
pensieren. Sie nahm für sich in Anspruch, es ganze
Nachmittage bei sich zu behalten, die sie dann damit
verbrachte, mit ihm zu sprechen, ihm Geschichten zu
erzählen, es an allem, was sie unternahm, teilhaben
zu lassen.

Diese beflissene Großmutter wob, ohne sich dessen bewußt zu sein und ohne ein Lehrbuch der Psy-
chologie zu Rate zu ziehen, an einem dichten Gewebe
aus Eindrücken und Empfindungen, die meinen Sohn
ohne mein Wissen tränkten.

Als er fünf Jahre alt war, bat mich Lalla, ihn ihr
für die heilige Nacht des sechsundzwanzigsten Tages
des Ramadan anzuvertrauen, eine Nacht, welche die
gläubigen Muslims betend in der Moschee verbringen.

Nicht allzu begeistert erlaubte ich ihr, ihn für ein
Stündchen mitzunehmen.

Ich hatte erwartet, daß sie mir einen wenn schon
nicht schlafenden, so doch zumindest verschlafenen
und brummigen Mehdi zurückbrächte. Statt dessen
sah ich einen Knirps mit weit aufgerissenen Augen

eintreten, der noch ganz erfüllt war vom Schauspiel, das sich vor seinen Augen abgespielt hatte.

Lalla, die ebenfalls noch ganz aufgeregt war, konnte kein Ende finden.

»Er wollte nicht mit zurückkommen. Er sagte sogar, daß er beim nächsten Mal in die Moschee der Männer will. Er wird ein guter Muslim werden.«

Ich betrachtete Mehdi und versuchte, dieses junge Wesen, das noch in der Morgenröte seines Lebens stand, zu begreifen. Ich entdeckte plötzlich, daß eine Hälfte meines Kindes mir fremd war und daß diese Hälfte, von der ich nichts wußte und die unvordenklichen Zeiten entstammte, vielleicht die Oberhand gewinnen würde über jene, die ich ihm mitgab.

Ich erinnere mich, daß ich in jenem Augenblick die Andeutung einer Drohung verspürt hatte, unsicher noch, undefinierbar, und doch gegenwärtig, greifbar. Eine unerklärliche Angst gleich jener hormonal bedingten vor Eintritt der Regel, eine Angst, die sich jeden Monat heimtückisch ins Herz der Frauen schleicht, die man nie auf den ersten Blick identifiziert, die man jedoch wiedererkennt, weil sie verschwindet, sobald der erste Tropfen Blut abgesondert ist.

Jahre später ist diese Angst immer noch da. Sie hat allmählich alle Fasern meines Leibes erfaßt, hat sich dort eingenistet. Kein befreiendes Blut ist gekommen, kein Blut, das meinem Leib oder meiner Seele Linderung gebracht hätte.

Heute spüre ich, wie Furcht in mir aufsteigt, aus dem Bauch heraus, sekundenlang überschwemmt sie mich, die Furcht, auf fremder Erde zu sterben, unter einem dieser mit bunten Mosaiken besetzten Grabsteine verscharrt zu werden, zwischen Unkraut, das die Ziegen abgrasen. Eine Furcht, die jenen flüchtigen Momenten der Angst gleicht, die mich als Kind ergriff, wenn ich für Sekundenbruchteile erahnte, was das Nichts sei. Ich hatte dann den Eindruck, in einen Abgrund zu stürzen, ein Fall, der mir körperlichen Schwindel verursachte; im Anschluß verschwand das Bild so rasch, daß ich mich fragte, ob ich es erlebt hatte oder ob es nur ein Traum gewesen war, der mir wieder in Erinnerung kam.

4

Sophia kam zwei Jahre nach Mehdi zur Welt. Sophia, kleiner Glücksstrahl, sorgloses Irrlicht, wider Willen Auslöser einer latenten, aber tiefreichenden Meinungsverschiedenheit. Von jenem Zeitpunkt an ging alles sehr schnell.

Nadir, der schon seiner ersten Vaterschaft mit besorgtem Ernst entgegengesehen hatte, maß dieser zweiten ganz besondere Bedeutung bei. Mein Schwiegervater war im Vorjahr verstorben, und Nadir hatte würdevoll die Rolle des Mannes in der Familie übernommen. Wenn der Himmel ihn mit zwei prachtvollen Kindern gesegnet hatte, mußte er sich ihm gegenüber dankbar erweisen. Er brachte mich dazu, mich zum Islam zu bekehren. Ich ließ mich überreden, um so ein zwischen uns bestehendes Problem zu lösen, dem ich in Wahrheit nicht allzuviel Gewicht gab, zumal Shama mich über die geringe Bedeutung aufgeklärt hatte, die eine solche Formalität in meinen Augen haben müßte.

»Weißt du«, hatte sie zu mir gesagt, »eine Muslime darf nur einen Muslim heiraten. Sonst ist die Heirat ungültig. Eine Kusine von mir hat einen Deutschen geheiratet. Er heißt jetzt Omar. Hans-Omar. Kannst du dir das vorstellen? Du glaubst doch nicht, daß er dies aus Überzeugung getan hat. Es ist nur eine Formalität, das kann ich dir versichern. Ein Muslim dagegen darf eine Nicht-Muslime heiraten. Dies wird von der Religion nicht untersagt. Man ist im Gegenteil der Ansicht, daß er eine gute Tat begeht, indem er ein verlorenes Schaf in den Schoß des Islam führt. Du bist also nicht wirklich gezwungen, dich zum Islam zu bekehren, doch Nadir hat dir den praktischen Nutzen erläutert. In deinem Innern kannst du weiterhin glauben, an was du willst. Man wird von dir weder verlangen zu beten, noch zu fasten oder nach Mekka zu pilgern. Von all dem solltest du nur behalten, daß es besser ist, wenn du zum Islam übertrittst. In Anbetracht unserer Gesetze ist das einfach klüger.«

Nach meinem Übertritt entschloß Nadir sich, während des Ramadan zu fasten. Wenig an Zwänge und Entbehrungen gewöhnt, war er im Verlauf dieser Prüfung ungenießbar. Alles und nichts irritierte ihn. Gegen Ende des Fastens verfiel er in Schweigen, war geistig abwesend, schon eine Bagatelle lieferte dann den Vorwand, um den erstbesten mit all der Galle zu überschütten, die sich im Laufe eines selbstauferlegten Fastentages angesammelt hatte.

Meist hatte ich die Kosten dieser Zornesausbrüche zu tragen, die von so offenkundigem Selbstbetrug geschürt waren, daß ich ein für allemal beschloß, sie nicht mehr zu beachten.

Der Ramadan ging seinem Ende entgegen. Es kam der Abend des sechsundzwanzigsten Tages, auch

Nacht des Schicksals genannt, in der der Koran den Menschen offenbart worden war. Die Nacht, die mir im Vorjahr jene seltsame Vorahnung beschert hatte.

An jenem Abend waren wir bei Salima zum Essen geladen.

Ich warf einen letzten Blick in den Spiegel.

In einem Anfall von Zorn entledigte ich mich jäh der Halskette, riß die dazu passenden Ohrringe herunter, warf alles wutentbrannt aufs Bett.

Mein wertloser, auf dem Maarif erstandener Schmuck, der so echt wie möglich aussehen sollte, damit er Illusionen nährte, würde niemanden täuschen. Auf keinen Fall Salima, die einmal mehr ein echtes, zur Djellaba passendes Geschmeide zur Schau stellen würde und die mich mit einem einzigen, aber durchdringenden Blick, einem Laserstrahl gleich, mustern, jede falsche Note aufspüren und übel nachreden würde.

Im Lauf der Zeit war meine Beziehung zu Nadir zu einer Form der Abhängigkeit geworden. Zuerst und vor allem zu einer finanziellen Abhängigkeit, der ich gänzlich ausgeliefert war. Nadir verschaffte mir die für die Haushaltsführung notwendigen Mittel, behielt sich aber das Recht vor, die restlichen Ausgaben einzusehen. Ich verwand die Demütigung, um das bitten zu müssen, was mein Schamgefühl hätte geheimhalten wollen: diesen Tand, jene Kleinigkeit, all jene Dinge, die bewirken, daß eine Frau noch etwas anderes ist als nur Gattin oder Mutter. Statt diese Nichtigkeiten des Alltags preiszugeben und sie so aller Magie zu berauben, hatte ich sie in meiner Enttäuschung vergraben und nährte einen Groll, der durch die Ungeschicklichkeiten Nadirs noch verstärkt wurde. Einen Groll auf das Leben vor allem, und auf jenes Trugbild meines ersten Eindrucks. Ich begriff, daß das, was ich als Fürsorge einer Frau für ihren Sohn, der Schwestern für ihren Bruder angesehen hatte, nur die unterwürfige Haltung von Menschen war, die in der Überzeugung erzogen waren, daß ihre Stellung niedriger sei, daß der Mann die Mittel beschaffe, die Frau dagegen die Dienste leiste.

Resigniert drehte ich mich um, löschte das Licht und schloß mich Nadir an, der im Salon wartete.

Salima war eine hervorragende Gastgeberin. Bei ihr gab es immer jenes gewisse Etwas, das die andern ihr neideten, eine persönliche Note, die ihre Empfänge über die der andern hinausragen ließ.

Instinktiv ließen alle Frauen ihrer Toilette besondere Sorgfalt angedeihen, wenn sie einer ihrer Einladungen folgten, eine lobenswerte Mühe ihrerseits, wußten sie doch, daß ihre Gastgeberin ihnen um Armeslänge voraus wäre.

Das ganze Leben Salimas bestand eben daraus: Empfänge zu geben und in Erstaunen zu versetzen. Für Nadir stellte sie den Prototyp »der Frau« dar: schön, elegant, vollendete Hausherrin, Mutter von vier Kindern.

Wir haben nie Sympathie füreinander empfunden.

Sie ist die einzige, die ich mit meinem Importlabel nie habe beeindrucken können. Sie gesteht mir keine »Distinktion« zu, betrachtet mich als »zu bäuerlich«. »Komplimente«, die ich auffing, als ich begann, einige Wortbrocken auszumachen in all dem, was mir zuerst nur als unangenehme Kakophonie erschien; aus Feigheit setzte ich dann das naive Lächeln jener auf, die weiß, daß man über sie spricht, und die in Unkenntnis dessen, was gesagt wird, eine entwaffnende Unschuld an den Tag legt.

Ich selbst finde sie zu großtuerisch und, gemäß anderen Kriterien als den ihren, »bäuerlicher« als mich.

Ich habe mich nie an den Prunk, den sie im Alltag zur Schau stellt, gewöhnen können, an dieses verschwenderische Leben, das ich mißbillige, weil es mir exhibitionistisch und gekünstelt vorkommt.

Sobald mein Erstaunen vorüber, meine Neugier befriedigt und meine Anpassung erfolgt war, kehrte ich ganz selbstverständlich zu meinen eigenen Wertmaßstäben zurück.

Wir hatten uns abgeschätzt, beurteilt und verabscheut.

Salima küßte ihren Bruder herzlich und hielt mir erst das rechte, dann das linke Ohrläppchen hin. Sie stieß mich ein wenig zurück und rief, mich auf Armlänge haltend, aus:

»Du siehst prächtig aus, meine Liebe. Welch strahlende Miene. Man merkt, daß du nicht fastest.«

Gerade als ich antworten wollte, hob die Stimme des Muezzins an.

»Zu Tisch!« rief Salima voll Freude in den Raum.

Dies war das Signal zu allgemeiner Geschäftigkeit. Zwei Schalen Harira später lebte das Gespräch wieder auf.

»Ich schlage vor, daß wir nach dem Essen zu unserem Haus fahren. Wir können dort unsere Waschungen vornehmen und uns zwischen den Gebeten erholen.«

Mir stockte das Blut in den Adern. Vor genau einem Jahr hatte Nadir mich gebeten, ihn, seine Eltern und seine Schwestern bis zum Tor der Moschee zu begleiten, um ihnen die Parkplatzsuche zu ersparen, und sie auch eine Stunde später, am Ende des Gebets, wieder abzuholen. In der Tat verwandelten sich an den Abenden des Ramadan die Straßen rund um die Moschee herum in eine Art Kreuzweg, auf dem die Muslime, ungeachtet ihrer Gesellschaftsschicht, Seite an Seite niederknieten zum Gebet.

An diesem Abend würde das Gedränge seinen Höhepunkt erreichen, denn diese Nacht betend zu verbringen kam für jeden Gläubigen dem Versprechen, Zugang zum Paradies zu erhalten, gleich.

Mehr noch als vor diesen in regelmäßigem Abstand stattfindenden Abendessen graute mir vor langen Nachtwachen, die sich hinzogen, bis der Muezzin zum ersten Morgengebet rief.

»Nicht wahr, Yasmina?«

Ich sah ihn fassungslos an. Wie konnte er es wagen? Wie war es möglich, daß er nicht begriff, was er da von mir verlangte! Ich hatte, wenn auch als Lippenbekenntnis, meiner Religion abgeschworen, um die seine anzunehmen. Ich hatte mich einengenden Sitten unterworfen, um dieser Wahl Ehre zu machen, hatte gewaltige Mühen der Anpassung auf mich genommen ohne jegliche Gegenleistung: je mehr Mühe ich mir gab, desto mehr verlangte er von mir, als sei ich eine nachlässige Schülerin, die nicht alles in ihren Kräften Stehende tue. Sie kann mehr leisten! Nadir verlangte von mir, bis zum Morgen zu wachen und noch dem geringsten Bedürfnis jedes einzelnen entgegenzukommen. Obgleich ich selbst nicht in die Moschee ging, sollte ich auf die Pausen der andern warten, um ihnen, je nach Wunsch, Tee oder Erfrischungen zu reichen. Ich hatte im Innersten das Gefühl, ein Nichts zu sein oder zumindest als solches angesehen zu werden. Ein Glied in einer Kette, bei der das Individuum in einer kalten, gefühllosen Auffassung von Gesellschaft aufgeht. Mit einem beträchtlichen Unterschied: ich war nur ein importiertes Mitglied. Doch importiert aus einem Land, das sich gegen Willkür und Unterdrückung erhoben, das seine geistige Revolution gekannt und den Respekt und das Glück des Individuums eingefordert hatte, unabhängig von dessen Zugehörigkeit zu etablierten Strukturen.

»Aber ja doch, das ist eine gute Idee«, antwortete

ich mit gesenktem Blick, um mir die Revolte, die in mir brodelte, nicht anmerken zu lassen.

Als das Essen beendet war, ging ich auf Nadir zu, der im Begriff war, sich mit den Männern in den angrenzenden Salon zum Rauchen zurückzuziehen.

»Du hättest mich fragen können, bevor du Verpflichtungen eingehst.«

»Warum?« fragte er erstaunt.

»Warum? Weil es für dich nur mit Worten verbunden ist, ich dagegen muß eine Menge Dinge vorbereiten. Und ich bin jetzt schon müde.«

»Müde wovon? Von der Arbeit oder weil du gefastet hast?«

»Ich bin müde, punktum. Und nicht aufgelegt, eine schlaflose Nacht zu verbringen aus einem Grund, den ich im übrigen nicht einsehe. Kann nicht jeder einfach bei sich zu Hause beten?«

»Vielleicht möchtest du uns neue Sitten vorschlagen?«

»Das habe ich nicht gesagt. Ich sage nur, daß ich nicht zu deinen Diensten stehe, daß du nicht über meine Zeit verfügen kannst, ohne mich vorher zu fragen.«

Ohne mich auch nur eines Wortes zu würdigen, drehte Nadir sich auf dem Absatz um und ging.

Ich verabschiedete mich unter dem Vorwand, das s'hor* vorbereiten zu müssen. Auf dem Rückweg bemühte ich mich, die Wut, die ich in mir aufsteigen fühlte, zu zügeln. Es war absolut ausgeschlossen, daß ich die Ordonnanz spielte und diesen Frömmlern auf der Suche nach Seelenheil zu Diensten stünde. Wenn sie unbedingt Buße tun wollten, sollten sie sich doch an den Teppich in ihrer Moschee klammern. Ich war nicht in der Laune, zu ihrer Erlösung beizutragen.

Ich gab den Hausangestellten alle Anweisungen, so daß es an nichts fehlen würde, nahm eine Schlaftablette und ging nach oben in mein Zimmer.

Ich lag in tiefem Schlaf, als die Tür geöffnet wurde. Nadir betrachtete mich ungläubig.

»Aber ... was machst du da?«

»... Schreckliche Migräne, stechende Schmerzen im ganzen Kopf. Ich konnte nicht mehr. Aber ich habe alles vorbereiten lassen, es wird euch an nichts fehlen.«

Nadir war verblüfft und sichtlich bemüht, sich davon zu überzeugen, daß er nicht träumte.

»Aber ... kommst du nicht einmal herunter, um meine Schwestern zu begrüßen?«

»Ich leide, ich schwör's dir. Solch eine Migräne habe ich noch nie gehabt.«

»Das wahre Leid besteht darin, daß ich zu nachsichtig bin. Du hast keine Achtung vor meiner Familie, hast sie im übrigen nie gehabt. Du gibst dir nicht mehr die geringste Mühe, höflich zu sein. Du willst mich wissentlich vor aller Augen demütigen. Das wirst du mir büßen.«

War es die Wirkung der eingenommenen Tablette, die mich so wenig streitsüchtig sein ließ, oder einfach nur die Überzeugung, daß er übertrieb, daß seine Demütigung nicht mehr als eine unbedeutende Kränkung seines Stolzes war? Ich antwortete nicht, sondern schloß die Augen.

Nebenbei hatte ich immerhin bemerkt, daß eine Flut von Dus, galligen Auswürfen gleich, sich über mich ergossen hatte.

»Das wirst du mir büßen«, wiederholte er mit dumpfer Stimme.

Die Tür schlug heftig ins Schloß.

5

Eine Lichtflut überschwemmte plötzlich das Zimmer, holte mich aus den Tiefen meines künstlich erzeugten Schlafes. Mit einem Ruck saß ich aufrecht im Bett.

»Deine Anmaßung von gestern scheint dich nicht am Schlafen gehindert zu haben.«

Mühsam sammelte ich meine erstarrten Geisteskräfte. Die Szene des Vorabends nahm langsam Gestalt an, Ungeduld erfaßte mich. Der Gedanke, das Gespräch dort wiederaufzunehmen, wo wir es unterbrochen hatten, irritierte mich.

»Sei so nett, und laß mich in Ruhe. Ich schlafe ja noch.«

Ich zog die Bettdecke hoch. Diese Geste sollte weniger meinen Ärger anzeigen als mein Äußeres verbergen. Ich wußte, daß ich mich morgens in ungünstigem Licht zeigte. Geschwollene Lider, abstehende Haarbüschel, belegte Zunge, alle möglichen kleinen Plagen, die mich zwangen, unterschiedliche Kunstgriffe anzuwenden, um den Blicken lästiger Zeugen auszuweichen. In der ersten Zeit unserer Ehe hatte Nadir mich morgens lachend nach meinem Ausweis gefragt, hatte so sein Scherflein beigetragen zur Taktik, die ich seither anwende.

Das Laken wurde mit einem Ruck weggezogen, mit

haßerfülltem Gesicht stand Nadir jetzt vor mir.

»Ich habe nicht vor, deine Launen noch länger zu ertragen. Dein gestriges Benehmen meiner Familie gegenüber hat das Faß zum Überlaufen gebracht. Wir gehen auf der Stelle zu den Adoul. Ich verstoße dich.«

Ungläubig sah ich ihn an. Die Entschlossenheit in seinen Augen ließ mich bis ins Innerste gefrieren. Unwillkürlich zog ich das Laken wieder an mich, klammerte mich daran wie an eine lächerliche Rettungsboje. Erneut zog er es fort, so heftig, daß ich es reißen hörte.

»Ich hab gesagt, du sollst aufstehen«, knurrte Nadir. »Ich hab's eilig, ich habe noch eine Sitzung später.«

Aus Angst vor der Gewalt, die jeden Augenblick ausbrechen konnte, sprang ich aus dem Bett.

»Zieh dich an, ich warte unten auf dich.«

Mechanisch ging ich ins Badezimmer, duschte, öffnete den Wandschrank. Ein Kostüm, vor allem unauffällig. Keine bloßen Arme, trotz der Jahreszeit. Ein wenig Gel, um die Büschel zu zähmen, eine Spur Schminke, um die Blässe zu übertönen. Kein Lippenstift, es ist Ramadan.

Mir wurde mit einemmal bewußt, daß ich Überlegungen anstellte, und ich wunderte mich darüber. Ich war im Begriff, eine Miene einzustudieren. Vor allem nicht auf sein Spiel eingehen. Denn genau darum handelte es sich. Es war ein Versuch der Einschüchterung. Nie würde Nadir so etwas tun. Nie würde er von einem Recht Gebrauch machen, das nach seinen eigenen Worten einzig Feiglinge in Anspruch nahmen. Er würde gewiß von einem Augenblick zum nächsten in lautes Gelächter ausbrechen und verkünden, wir seien quitt.

Doch diesmal ging der Scherz zu weit, und das würde ich ihm zu verstehen geben. Er würde noch von mir hören.

Halb beruhigt vom eigenen Zorn ging ich hinunter. Nadir wartete im Flur auf mich, mit verschlossenem Gesicht. Ohne mich eines Blickes zu würdigen, öffnete er die Tür und ging hinaus. Ich folgte ihm, flehte um Kraft, um ihn nicht zurückzurufen, um meine Würde zu wahren.

Während der gesamten Fahrt zur Place des Habbous brachte Nadir die Zähne nicht auseinander.

Gegenüber dem majestätischen Gebäude des Appellationsgerichts rahmten Dutzende kleiner Kioske die Place des Habbous ein. Ich kannte dieses malerische alte Viertel Casablancas sehr gut, liebte es, zwischen dem funkelnden Ocker der Kupferwaren, den bunt bestickten Gandouras* und den Teppichen mit kunstvoll ineinanderfließenden Farben spazierenzugehen. Oft hatte ich Verwandte oder Freunde, all jene, die mich in Marokko besuchten, dorthin geführt.

Auf dem Platz gegenüber den Buden, die aufgereiht standen wie die Vitrinen der Prostituierten in Amsterdam, gingen in Djellabas gekleidete Frauen gruppenweise auf und ab. Sie trugen ihre Sprößlinge auf den Rücken gebunden, mit Hilfe vor der Brust verschnürter Tücher; andere saßen zu ebener Erde und diskutierten gestenreich, von Zeit zu Zeit brachte eine schallende Ohrfeige das lärmende Ungestüm eines Kindes kurzerhand zum Schweigen. Manche waren ganz in Weiß gekleidet – Djellaba, Schleier, Socken und Pantoffeln; ihre schwarzen, ratlosen Augen brachten ihr Witwentum besser zum Ausdruck als das unbefleckte Weiß ihrer Kleidung.

Nadir parkte längs des Bürgersteigs. Er stieg aus, ohne ein Wort zu sagen.

Ich folgte ihm wie eine Schlafwandlerin.

Er steuerte auf den einzigen Kiosk zu, der keine Kundschaft hatte.

Zwei Adoul saßen dort, Seite an Seite, hinter einem winzigen, der Straße zugewandten Ladentisch.

Auf der einen Seite der Wand gab es eine kleine Bank, die nur Platz bot für eine Person. Nadir wies mit dem Kinn darauf hin. Ich setzte mich.

Eingeschüchtert vielleicht vom Stand seiner Besucher holte einer der Adoul einen Hocker unter dem Tresen hervor und hielt ihn Nadir wortlos hin. Dieser griff danach und setzte sich mir gegenüber.

»Ich komme, um meine Frau zu verstoßen«, gab er bekannt, mit einer Stimme, die keinerlei Regung verriet.

Mehr noch als die Erklärung, die hier gerade ohne Umschweife abgegeben worden war, hatte mich der

Klang der Stimme getroffen. Es war die Stimme des Anwalts, der es gewohnt ist, seine Gefühle im Zaum zu halten, sich andererseits über Dinge ereifert, die ihn nicht betreffen. Er hatte dies auf so natürliche Art und Weise gesagt, daß für mich der Sinn seiner Worte nicht sogleich faßbar war.

Ich hob den Kopf; bisher hatte ich nach unten geblickt, um meine Verwirrung zu verbergen. Es waren die gleichen undurchdringlichen Gesichter, die auch meinem Übertritt zum Islam beigewohnt hatten.

Vielleicht waren es sogar dieselben Gesichter.

»Haben Sie die Heiratsurkunde dabei?«

Nadir reichte seinem Gesprächspartner ein zweimal gefaltetes Blatt, das er seiner Tasche entnahm. Der Adel entfaltete es, strich es auf dem Schreibtisch mit dem Handrücken glatt; dabei wurden einige von Hand abgefaßte Zeilen sichtbar, für mich nichts als Hieroglyphen.

Er öffnete das vor ihm auf dem Tisch liegende Verzeichnis und rüstete sich zum Schreiben.

»Bevor ich die Verstoßung eintrage, habe ich die Pflicht, Sie zu fragen, ob Sie es sich gut überlegt haben«, sagte eine süßliche Stimme.

»Ich habe es mir gut überlegt«, lautete die einfache Antwort Nadirs.

»Was hat diese Frau getan?«

»Sie läßt es an Respekt meiner Familie gegenüber fehlen und mißachtet unsere Sitten während des heiligen Monats Ramadan. Ich möchte nicht, daß sie unsere Kinder beeinflußt und schlechte Muslime aus ihnen macht.«

Obgleich starr vor Schreck, konnte ich nicht umhin, dem Genie Nadirs, das ihn für jeden die ihm gebührende Sprache finden ließ, zu huldigen. Mit wenigen Worten war es ihm gelungen, mich in den Augen dieser Türhüter der muslimischen Gesetze in ungünstigstem Licht erscheinen zu lassen: als Ungläubige und Fremde, die die Traditionen verachtet.

Zwei anklagende Augenpaare wandten sich mir zu. Ich hielt diesen Blicken, die aus einer anderen Welt, von einem anderen Planeten stammten, so lange wie möglich stand. Ich sah darin abgrundtiefes Unverständnis, daß ich mich niedergeschlagen abkehrte und das unbezähmbare Zittern meines Kinns zu unterdrücken suchte. Ich kreuzte ungewollt den kalten, so ungemein kalten Blick Nadirs, floh auch diesen und sah die Gaffer auf der Straße, die die Szene neugierig beobachteten. Ich machte verzweifelte Anstrengungen, um ungezwungen zu wirken. Meine Anwesenheit hier hätte ja auch andere Gründe haben können. Der Kauf eines Grundstücks etwa hätte der Anlaß sein können. Doch meine Verwirrung mußte mich verraten. Für den Kauf eines Grundstücks hätte ich die gedämpfte Atmosphäre einer modernen Anwaltskanzlei vorgezogen. Nein. All diese Gaffer wußten, daß sie einer Verstoßung beiwohnten.

»Warum haben Sie, indem Sie den Respekt seiner

Familie gegenüber vermissen ließen, Ihren Gatten gekränkt?«

»Ich werde nicht darauf antworten«, flüsterte ich Nadir zu; dieser lächelte und übermittelte meine Worte.

Der Adel zuckte mit den Schultern, nahm die Heiratsurkunde in die eine, den Stummel eines Kugelschreibers in die andere Hand und machte sich daran, die Aussage Nadirs einzutragen.

Als ich diesem kleinen Alten zusah, wie er eifrig, vornübergebeugt, an seinem Pult schrieb, in diesem schäbigen Kiosk, wo alles Unglück den aufdringlichen Blicken der Passanten preisgegeben war, ergriff mich das unbezähmbare Bedürfnis zu lachen.

Diese sonnenverbrannten Gesichter, diese aschfahlen Teints, die Kraushaare, die barfuß laufenden Gören mit den Rotznasen, die von Speichel übersäten Bürgersteige, die zu ebener, besudelter Erde hockenden Frauen, diese schamlos, Hand in Hand flanierenden Männer, waren sie es, die mich verstießen? Diese niedere Rasse, diese Zurückgebliebenen, denen wir gestern noch mit unserer Technik und unserem Wissen zu Hilfe gekommen waren, die dann ihre Unabhängigkeit eingefordert hatten, um besser im eigenen Unwissen zu verkommen, waren sie es, die mir Respekt beibringen wollten?

Ein feister Rülpser, vom Grunde der Eingeweide herauf, dem Kollern eines mit *Destop* gereinigten Abflußrohres gleich, setzte plötzlich ein, lang wie das

Stöhnen eines Sterbenden, gab die ekelerregenden Dünste von Gedärmen frei, die von den Schlemmereien des Vorabends überladen waren. Und brach sich an meinem Lachen, das aufsteigt, immer höher, aufragt wie ein Schild über dieser schäbigen Szene, getragen von meiner erwachenden Verzweiflung, um endlich in einem Schluchzen zu zerschellen.

Ich laufe durch die engen Gassen, unempfänglich für das Erstaunen in den apathischen Blicken der wenigen frühen Händler, ich laufe, um der Schande zu entfliehen, um dem Schmerz zu entgehen, der nur darauf wartet, mich zu überschwemmen, ich laufe, um meine Energien zu mobilisieren und den Augenblick hinauszuschieben, da ich der infamen Realität Auge in Auge gegenüberstehe.

Es gibt kleine, unbedeutende Szenen, die einen unauslöschlicher zeichnen als jegliches Siegel es vermöchte.

Ein kleiner Bursche von etwa zwölf Jahren schlug sich vor einem Laden mit dem Eisenvorhang herum, den er hochzuschieben suchte. Seine mageren Arme, bis zum äußersten gespannt, mühten sich, eine Last zu heben, die wegen der schlecht geölten Schienen noch drückender war.

Bei meinem Anblick schimmerte Hoffnung auf in seinen großen schwarzen Augen; ohne sich an meinen verstörten Zügen zu stören, rief er mir zu:

»Bitte, Madame, hilf mir. Ich habe schöne Gandouras drinnen. Du wirst schon sehen. Ich lasse sie dir zu einem guten Preis, denn du bist die erste.«

Ich blickte auf diesen kleinen Burschen, der seine ganze Aufmerksamkeit dieser Aufgabe widmete, so daß er sich nicht einmal über mein aufgelöstes, tränenüberströmtes Gesicht wunderte, sah dieses kleine Wesen, dessen Welt auf diesen wohl tagtäglichen Kampf begrenzt schien, und spürte, wie mein Herz vor Mitleid schmolz.

Ohne große Mühe half ich ihm, die Last zu heben, öffnete meine Tasche und gab ihm einen Zehn-Dirham-Schein.

Und wäre der Weihnachtsmann vom Himmel herabgefahren mit seinem von Rentieren gezogenen Schlitten, ihm wäre kein entzückteres Lächeln zuteil geworden.

»O danke, Madame, Gott möge dich beschützen.«

Ich gab ihm ein bitteres Lächeln zurück. Gott! Ja welcher? Der meinige jedenfalls hatte mich gerade hart gestraft.

6

Ich habe meine Françoise geheiratet.

Ich hatte den größten meiner Wünsche, verborgen auf dem Grund meiner Kinderträume, eifersüchtig gehütet.

An dem Tag seiner Erfüllung wurde ich reingewaschen von aller Unschlüssigkeit. Ich war nicht mehr der kleine Araber der Klasse, von dem verlangt wurde, sein Land zu verleugnen und »Vive la France!« zu rufen, ich war jener, den man unter allen erwählt hatte. Der Auserwählte.

Weggefegt waren die Zweifel! Der Paria war rehabilitiert!

Als ich beschloß, meine Verlobte den Meinen vorzustellen, empfand ich den Stolz einer Mutter auf ihr einmaliges, unnachahmliches Neugeborenes. Vielleicht habe ich sogar einen jungen Neffen in irgendeinem Winkel des Salons zum Träumen veranlaßt.

Mireille war Jungfrau, als ich sie kennenlernte.

In einer Zeit, da die traditionellen Werte vollständiger Wandlung unterworfen sind, spendete diese Entdeckung mir große und stille Freude und bestärkte mich in dem Gedanken, daß mein Schicksal sich erfüllte: Mireille war für mich gemacht, sie hatte sich für diesen heiligen Augenblick bewahrt. Ich pflückte ihre Reinheit voll Hingabe, weidete mich an diesem

Geschenk von unschätzbarem Wert.

Mein Glück hatte seinesgleichen nur in jenem meiner Gefährtin. Ohne daß ich sie im geringsten beeinflußte, traf sie die Entscheidung, sich ganz unserem Haushalt zu widmen, und folgte somit instinktiv der natürlichen Rollenverteilung aller lebenden Kreatur dieser Erde.

Den unvermeidlichen Anzüglichkeiten einiger Studienkollegen (Na, du versteckst wohl deine Fatima? Bereitest du schon deinen Harem vor? Ich hoffe ja, daß Mireille deine Lieblingsfrau bleibt.) gelang es nicht, meine Überzeugung zu erschüttern, daß unsere Klugheit uns die unvermeidlichen Streitigkeiten moderner Paare ersparte, in denen die jedem obliegenden Pflichten und Verpflichtungen in Frage gestellt werden.

Sehr bald wurde Mehdi geboren, der unsere Vereinigung besiegelte. Und dann kam Sophia.

Und dann ...

Was nun Françoise betraf, so hatte ich nicht sie geheiratet, sondern Mireille. Ich wußte nicht, daß die Zeit mit ihrem unerbittlichen Werk der Erosion verstreichen würden, daß von meinem Traum die Wartezeit am süßesten war, daß meine erwachsenen Augen anders sehen würden als die des Kindes.

Mir wurde im Laufe der Jahre klar, daß ich mich von einer durch das Prisma der Kindheit erzeugten Illusion hatte täuschen lassen. Françoise war nur ein Trugbild.

Solange wir in Aix-en-Provence lebten, verlief unser Leben friedlich. Am Ende meiner Studien- und Referendarsjahre kehrte ich zurück in die Heimat, reicher als der Onkel aus meiner Kindheit es gewesen war: ich hatte eine Frau und einen Beruf. Ich wurde aufgenommen wie der verlorene Sohn. Ich hieß diese Ehrung willkommen als Bestätigung meines Urteilsvermögens. Meine Existenz verlief weiterhin in einer Heiterkeit, die nur das Siegel des Göttlichen sein konnte.

Doch die sanfte Studentin, die ich zu meiner Frau gemacht hatte, wurde immer geringschätziger, überheblicher, sie kritisierte unsere Gebräuche, lehnte unsere Sitten ab, war stets bereit, ihr Gift zu verspritzen in Form von Beweisführungen, die sie kartesianisch nannte. Nichts findet Gnade vor ihren Augen. Sie fühlt sich an keinen Kompromiß gebunden, keinem Respekt verpflichtet, selbst jenem nicht vor der geistigen Gemeinschaft während des Ramadan.

Gleichwohl hat sie die Entscheidung, zum Islam überzutreten, aus freien Stücken gefällt. Heute habe ich das Gefühl, daß sie sich dieser Wahl schämt. Sie macht keinen Hehl mehr aus dem Unterschied zwischen uns. Sie wirft ihn uns an den Kopf auf eine Weise, die wir alle als Überheblichkeit wahrnehmen.

Die Fähigkeit der Frauen, zu verheimlichen, zu verschleiern, sich zu verstellen, ist ein unerforschbarer Abgrund voller Geheimnisse. Nur ein Pakt mit dem Teufel hat aus diesen augenscheinlich so dienstbaren

Wesen furchterregende und unheilvolle Geschöpfe machen können. Nun verstehe ich in der Tat, warum der Prophet (das Heil und der Friede Gottes seien mit Ihm) den Männern erlaubt hat, vier Frauen zu heiraten. Er wollte derart eine Gefühlsbindung verhindern, der der Mann auf Grund seiner ehrlichen und spontanen Natur nicht entronnen wäre.

Das Leben ist bisweilen seltsam. Zur gleichen Zeit, da Mireille ihre Verschiedenheit herauszustreichen begann, habe auch ich die unsrige bemerkt. Doch ging es nicht mehr darum, sie zu verleugnen, sondern, im Gegenteil, Anspruch darauf zu erheben. Wie war es nur möglich, daß die natürliche Anmut, die Eleganz unserer Frauen mir entging? Ich muß blind gewesen sein oder besessen von einem Trugbild, sonst hätte ich erkannt, daß es Einklang nur bei Menschen gleicher Herkunft geben kann.

Mireille hat gewollt, daß ich mich erneut als Araber fühle. Doch heute habe ich die Mittel, um Revanche zu nehmen: die Revanche des heutigen und des gestrigen Arabers.

Von Zeit zu Zeit ist es angebracht, die Dinge richtigzustellen, einen jeden an die Grenzen zu erinnern, die er nicht überschreiten sollte.

Meine Autorität in dieser Familie ist unbestreitbar, denn sie ist göttlichen Ursprungs.

Hat Gott nicht gesagt:

»Die Männer haben Macht über die Frauen
weil Gott ihnen den Vorzug gab
gegenüber den Frauen
und um der Aufwendungen willen, die sie bestreiten
um ihren Unterhalt zu sichern«*

Hätte Gott nicht gewollt, daß ich den Frauen überge-
ordnet sei, hätte er mir nicht die Möglichkeit der Verstoßung gegeben. Der dreifachen Verstoßung noch
dazu. Dieses Mal ist es nur ein Verweis ... Nein, eher
ein Tadel (bei diesem Gedanken kann Nadir ein Lächeln nicht unterdrücken). Drei Tadel kommen einer
Verweisung gleich.

Hier unten bin ich der Gebieter. So will es das gött-
liche Gesetz.

7

Nach einem verstörten Umherirren in den Gassen der Habbous war ich nach Hause zurückgekehrt, hatte zitternd eine Zigarette angezündet, die Begegnung mit mir selbst wieder und wieder hinausgezögert.

Und dann endlich, weil es keine Ausflucht mehr gab, weil es der einzige Ausweg war, öffnete ich das Wehr der zurückgehaltenen Gefühle, und eine Flut aus Scham, Demütigung, Enttäuschung, Groll und ohnmächtiger Wut überschwemmte mich in aufeinanderfolgenden Wellen. Ich machte keinen Versuch, mich dieser Brandung zu widersetzen, ließ mich sinken, hin und her werfen, setzte ihr nur jenen passiven Widerstand entgegen, der die einzige Hoffnung des Ertrinkenden bildet, will er seine Kräfte nicht in einem allzu ungleichen Kampf erschöpfen. Der Sturm wütete endlos lange, bis ich mich schließlich als Hampelmann mit ausgerenkten Gliedern wiederfand.

Klagelieder sind nicht nach meinem Geschmack. Dieses große Debakel von Leib und Seele blieb der einzige Moment des Selbstmitleids.

Dann war ich, ohne zu überlegen, mit einem Satz in meinem Zimmer, griff nach einem Koffer, warf achtlos einige hie und da erhaschte Kleidungsstücke hinein, schloß ihn und stürzte hinunter in den Flur. In diesem Augenblick drehte sich der Schlüssel im Schloß.

Verblüfft blieb ich stehen, wie festgenagelt.

Nadir erschien. Er sah mich an, offensichtlich überrascht von meiner Anwesenheit, bemerkte den Koffer in meiner Hand, begriff, lachte hämisch.

»Wo willst du hin?«

Ohne zu antworten, ging ich entschlossen zur Tür. Als ich mich anschickte, die Schwelle zu überschreiten, ergriff er mein Handgelenk, zwang mich, mich ihm zuzuwenden, und knurrte mit drohender Stimme, das Gelb seiner Augen in die meinen getaucht:

»Hör mir jetzt gut zu. Du hast schon lange eine Lektion verdient. Das ist jetzt geschehen. Aber glaub nicht, daß wir deshalb quitt sind. Du hast in keinem Fall das Recht, die eheliche Wohnung zu verlassen«, sagte er, wobei er jede einzelne Silbe betonte. »Ich warne dich vor einem solchen Schritt. Du mußt die drei Monate gesetzlich vorgeschriebener Klausur einhalten, bevor die Verstoßung endgültig ist, und du wirst sie hier, in diesem Haus, verbringen. In drei Monaten, und keinen Tag eher, kannst du gehen.«

Er stieß schroff mein Handgelenk zurück, ohne deshalb seinen durchdringenden, forschenden Blick von mir zu lassen, trat ein wenig zur Seite und gab, als wolle er testen, ob die Botschaft auch wirklich angekommen sei, den Durchgang frei.

»Vorausgesetzt, daß ich damit einverstanden bin«, fügte er mit süßlicher Stimme hinzu.

Zehn, vielleicht fünfzehn Sekunden verstrichen.

Wie zwei drohende, zum Kampf bereite Hähne maßen wir einander. Er sah Furcht und Ohnmacht in meinen Augen. Ich dagegen sah Entschlossenheit und Selbstsicherheit in den seinen. Ich wandte den Blick ab, stellte den Koffer hin und ging hinaus.

Eine große Mattigkeit befiel mich. Die letzten Worte Nadirs hatten mich das Ausmaß meiner Ohnmacht erkennen lassen und jegliche Anwandlung von Rebellion beiseite gefegt. Flucht kam nicht mehr in Frage. Wohin auch? Ich war, was die nächsten Monate betraf, ebenso gefangen, als säße ich hinter Gittern.

Es gibt eine Eigenschaft muslimischer Frauen angesichts widriger Umstände, die zwar fatalistisch sein mag, aber auch ihre bequemen Seiten hat: die Geduld. Bei jedem Schicksalsschlag kehrt dieses Wort wieder wie eine Litanei. Ein eheliches Unglück? Geduld. Eine schwere Krankheit? Geduld. Finanzielle Probleme? Geduld, Geduld, Geduld. Ich saugte dieses Wort in mich auf, sagte es unablässig vor mich hin, skandierte es im Geiste nach Art der Inkantationen tibetischer Mönche, damit es das einzige sei, das die Grenzen meines verstörten Gemüts überwinde.

»Ich werde noch verrückt«, murmelte ich in dem Augenblick, da ich den Wagen vor Shamas Tür abstellte.

»Mireille! Welch freudige Überraschung.«

Shama war die einzige, die mich noch bei diesem Vornamen nannte, obgleich ich doch – paradoxerweise – unter ihrem Dach meinen ersten Tod gestorben bin. Vielleicht war dies ihre Art, mir zu zeigen, daß sie dem, was in ihrem Haus vorgefallen war, keinerlei Bedeutung beimaß.

Die Tränen zurückhaltend, die meinen Blick zu verschleiern drohten, rief ich ihr provokativ entgegen:

»Dein Bruder hat mich gerade verstoßen.«

Ihr freundschaftliches Lächeln erstarrte.

Zögernd erschien es dann wieder.

»Was erzählst du da?«

Und ich erzählte. Eine von Selbstachtung gemilderte Version, die sich lustig machte über uns als Paar inmitten der Gaffer, die über die Kleinlichkeit, mit welcher die Adoul ihrer Aufgabe nachgingen, spottete, die mein verzweifeltes Lachen in ein höhnisches umwandelte.

Sie schüttelte ungläubig den Kopf.

»Wie konnte er so etwas tun? Ich kann es nicht glauben.«

Wie sehr ich auch zu ironisieren suchte, das unbezähmbare Zittern überkam mich erneut. Ich wollte nach einer Zigarette greifen, hatte jedoch Angst, daß meine Hände mich verrieten.

»Wie dem auch sei, es gibt wirklich keinen Grund zum Dramatisieren«, nahm sie das Gespräch wieder auf.

»...«

»Ich glaube kaum, daß er das Spiel bis zum Ende treibt.«

»Das versteh' ich nicht ...«

»Ich weiß, es fällt nicht leicht, dies zuzugeben, aber eine erste Verstoßung, mußt du wissen, gleicht eher einem Warnschuß. Es ist eine Art Verwarnung.«

Shama zögerte kurz, sagte dann:

»Salima ist in den ersten Jahren ihrer Ehe gleich zweimal verstoßen worden.«

Sie lächelte abwesend und fuhr dann fort:

»Da hat ihr Mann einen Fehler begangen, denn jetzt ist sein ganzes Pulver verschossen. Das dritte Mal wäre definitiv, das weiß er, also läßt er ihr alle Launen durchgehen. Er hängt zu sehr an ihr. Salima weiß das und schlägt Kapital daraus. Aber«, fügte sie mit einem Lachen hinzu, »alles im Rahmen des Erlaubten!«

Ich war fassungslos, hörte schon nicht mehr zu. Salima! Der Maßstab unserer Werte, unsere weibliche Zuflucht! Zweimal verstoßen!

»Aber ... warum?«

»Ach weißt du, bei diesen Dingen kann man nie so genau wissen, wie oder warum sie geschehen. Immer sind es Lappalien, soviel ist sicher. Das passiert so leicht, so wie man jemandem im Zorn eine Ohrfeige gibt. Ich war damals noch klein, aber ich erinnere mich undeutlich, daß es dabei einmal um eine Hose von Farouk ging, die ihr abhanden gekommen war. Ich glaube, sie hatte von der Färberei eine Hose mit zurückgebracht, die ihm nicht gehörte, und als sie den Irrtum kundtat und die Hose zurückverlangte, war sie schon einem anderen Kunden mitgegeben worden. Da sie wahrscheinlich von besserer Qualität war, hat jener Kunde sich wohl gehütet, sie zurückzugeben. So kam es zu einem Wortwechsel zwischen Farouk und Salima, und die Affäre endete vor den Adoul.

Was das zweite Mal betrifft, so ist mir weniger darüber zu Ohren gekommen, aber ich glaube, der Grund war, daß sie eines Abends ihren ehelichen Pflichten nicht nachkommen wollte.«

»Aber ... wie hat sie weiter mit einem Mann zusammenleben können, der sie zweimal so gedemütigt hat?«

Shama zuckte resigniert mit den Schultern.

»Was sollte sie denn sonst tun? Hichem war schon auf der Welt. Salima arbeitet nicht, sie hat kein eigenes Einkommen. Außerdem hatte sie nicht den Mut, die Folgen einer Verstoßung zu ertragen.

Dieses Wort ›Verstoßung‹ ist wirklich entehrend. Etymologisch gesehen bedeutet es: ›fallenlassen, im Stich lassen‹. Eine verstoßene Frau ist eine Frau, die man fallenläßt wie ein gemeines Ding, das man nicht mehr braucht. Es muß unerträglich sein, mit diesem Bewußtsein zu leben und zu wissen, daß andere von dir sagen: ›die Arme, sie ist verstoßen, fallengelassen worden‹. Ich verstehe schon, daß man diese entwürdigende Handlung zu verheimlichen sucht.

Eine Scheidung hat nicht dieselbe Wirkung. Sie wird von einem Richter ausgesprochen, d. h. von jemandem, der sich bemüht, nachdem er beide Seiten angehört hat, ein gerechtes Urteil zu fällen. Selbst wenn die Frau glaubt, daß der Urteilsspruch ihr Unrecht tut, so ist ihre Aussage doch zumindest berücksichtigt worden.

Bei einer Verstoßung, selbst wenn sie von einem Richter bestätigt wird, entscheidet einzig und allein der Ehemann. Das muß schrecklich sein!

Deshalb ist Salima anfangs geblieben. Seitdem sind die drei Kinder gekommen, und all das ist vergessen. Oder besser gesagt: sie hat sich damit abgefunden.«

Ich hatte Shama noch nie so ernst erlebt. Sie hatte mit traurigem, in die Ferne gerichteten Blick gesprochen, der ihr selbst, einer noch schmerzenden Wunde zu gelten schien.

»Ich werde sie anrufen, wenn du möchtest. Ihr wird es nicht gefallen, daß ich Dinge aus ihrem Privatleben erzählt habe, denn selbst wenn eine Verstoßung häufig vorkommt, spricht keine Frau gern darüber, das Thema wird nie angeschnitten. Aber Salima wird deine Lage gewiß verstehen und dir Ratschläge geben können. Ohnehin ist es ein offenes Geheimnis«, sagte sie mit einem Achselzucken.

Eine Viertelstunde später kam Salima zur Tür herein. Im Gegensatz zu Shamas Befürchtungen nahm sie die Sache eroberungslustig in die Hand. Sie hatte das schon durchgemacht, es war ein Thema, das sie bestens kannte.

»Erzähl mir zuerst ganz genau, was passiert ist«, sagte sie zu mir im Ton des Psychologen, der genau weiß, daß dem Magma der Wörter ein Faden entspringen wird, der ihn ins Gedankenlabyrinth seines Patienten führt.

Ich erzählte noch einmal von vorn.

Das nochmalige Erzählen nahm dem Geschehenen die Dramatik, machte es immaterieller, ganz so wie man Alpträume durch das Aufzählen von Einzelheiten auszutreiben sucht.

»Genau wie ich mir das gedacht habe«, sagte Salima mit Kennermiene. »Sie sind alle gleich, die Männer, aufbrausend und jähzornig.

Wir werden folgendermaßen vorgehen.«

Sie beugte sich mit Verschwörermiene zu mir herüber. Fast belustigte es mich. Es hatte also eines weiblichen Unglücks bedurft, damit das Eis zwischen uns schmölze. In diesem Moment war ich in ihren Augen nicht mehr der Eindringling in die Familie, ich war nur mehr eine von Verzweiflung gebrochene Frau, verstoßen von ihrem Bruder, den sie wahrscheinlich schon voller Sorge von mir beeinflußt wähnte.

Da Nadir von seinen Vorrechten mir gegenüber Gebrauch gemacht hatte, ganz so als sei ich eine Einheimische, konnte sie sich nun großherzig und solidarisch zeigen.

»Du kehrst nach Hause zurück und tust so, als sei nichts geschehen. Er wird ohnehin wieder in der Kanzlei sein. Wenn er zurückkommt, sprich nicht über das Geschehene. Tu so, als sei nichts gewesen. Und vor allem darfst du jetzt nicht auf getrennten Betten bestehen, das wäre das Schlimmste, was du machen kannst.«

Ich betrachtete Salima voller Verwunderung. Ich gebe zu, daß ich sie manchmal beneidet habe. Wegen ihres stolzen Auftretens, ihres Selbstvertrauens, selbst ihres Hochmuts wegen, der einem das Gefühl gab, ganz, ganz klein zu sein. Daß sie verstoßen worden war, sprach nur für die Torheit ihres Mannes, daß sie sich aber ihrer Intrigen rühmte, enttäuschte mich mehr, als ich geglaubt hätte. Eitel ist die Welt!

Mich fröstelte bei dieser Entdeckung, die das Bild, das ich mir von ihr gemacht hatte, in Frage stellte. Zu meiner eigenen Überraschung mußte ich zugeben, daß ich sie lieber stolz und herablassend sah als verletzlich und, letztendlich, gewöhnlich. Als wolle sie mich in meinem Denken bestärken, begann sie, eine lange Liste all jener Dinge aufzustellen, die es in meiner Lage zu tun und zu lassen gelte.

Nachdem das Moment des Erstaunens und der Zerstreuung vorüber war, wurde ich dieser mit dem Einschub »Verlaß dich auf meine Erfahrung« durchsetzten Ratschläge bald überdrüssig.

Schließlich waren sie nur noch lästig, und Zorn sickerte in mich ein. Zorn darüber, mich anvertraut zu haben, und vor allem darüber, Intrigen Vorschub zu leisten – und sei es nur, indem ich ihnen Gehör schenkte – und mich derart an einen Status zu klammern, von dem ich in Wahrheit nichts mehr wissen wollte. So wie ich auch nichts mehr wissen wollte von den Worten, die Nadir am Morgen vor den Adoul gesprochen hatte, oder jenen, die seine Schwestern jetzt sagten, Worte, die ich abschütteln würde wie einen Alptraum, um meine Würde wiederzuerlangen. Meine Entscheidung war gefallen. Ich würde mit meinen Kindern nach Frankreich zurückkehren, zu den Meinen, die ich nie hätte verlassen dürfen.

»Ich fahre jetzt nach Hause«, sagte ich, um das Gespräch abzuschließen.

»Sehr gut«, stimmte Salima mir zu. »Und tu so, als sei nichts geschehen, verlaß dich auf meine Erfahrung, du wirst schon sehen!«

8

»Ich habe vor, nach Hause zurückzukehren«, sagte ich mit einer Stimme, die sachlich klingen sollte, die in meinen Ohren jedoch nachhallte wie das Röcheln einer Sterbenden.

»Ach ja?« antwortete Nadir, ohne von seiner Zeitung aufzuschauen.

Er sprach in jenem Ton, in den er oft verfiel, wenn ich mich an ihn wandte. Abwesend. Desinteressiert. Vielleicht hatte er auch nicht hingehört oder es schon vergessen.

Zorn stieg in mir auf.

»Morgen packe ich meine Koffer und fahre nach Hause. Nach Frankreich«, sagte ich mit Nachdruck.

Er ließ sich dazu herab aufzublicken.

»Soviel ich weiß, sind jetzt keine Schulferien.«

»Falls du es vergessen haben solltest: wir sind jetzt geschieden. Ferien hin, Ferien her, ich reise ab.«

»Also gut«, sagte er und faltete bedächtig die Zeitung zusammen. Er sagte es im geduldigen Ton des Lehrers, der sich angesichts des störrischen Schülers anschickt, seine Ausführungen mit anderen Worten zu wiederholen. »Falls auch du es vergessen haben solltest: erstens sind wir nicht geschieden, ich habe dich verstoßen; zweitens«, fügte er mit einem spöttischen Lächeln hinzu, »zieht eine erste und selbst eine zweite Verstoßung keine sofortige Auflösung der ehelichen Bindung nach sich, sondern kommt einfach einer Trennung von Tisch und Bett gleich. Drittens kann ich innerhalb des Zeitraums von drei Monaten, der mit dem heutigen Tag einsetzt, entscheiden, die Verstoßung aufzuheben, wenn es mir angezeigt erscheint, ohne daß du dich dem widersetzen kannst. In dem Fall bist du gehalten, immer vorausgesetzt, daß ich dies für angebracht halte, das Eheleben wiederaufzunehmen, so als sei nichts geschehen, mit dem einzigen Unterschied, daß du ... wie soll ich sagen ... ein familiäres Strafregister hättest. Ja genau. Ein familiäres Strafregister!« wiederholte er, ganz offensichtlich zufrieden mit seiner Formulierung.

Bevor ich mir meiner Geste überhaupt bewußt wurde, hatte ich ihn schon geohrfeigt. Er ergriff meine Hand, drückte sie mit aller Kraft. Ich unterdrückte einen Schmerzensschrei. Seine Augen blitzten, und er stieß zwischen den Zähnen hervor:

»Viertens bleiben Mehdi und Sophia hier, was immer auch geschehen mag. Selbst wenn ich beschließe, dich wie ein Paar alte Schuhe fallenzulassen«, fügte er hinzu, wobei er mein Handgelenk heftig zurückstieß.

»Du bist ein widerlicher Mensch«, rief ich. »Aber mit deinem gelehrten Auftreten machst du mir keine Angst. Ich lasse mich nicht davon beeindrucken. Meine Entscheidung ist gefallen, und ich werde darauf beharren.«

Nadir hob die Augen gen Himmel, als wolle er ihn

zum Zeugen seiner Ohnmacht anrufen, und vertiefte sich wieder in seine Zeitung.

Mir war bewußt, als ich das Büro von Maître Delarue betrat, daß die Wahl eines französischen Anwalts nicht die beste war. Seit der Arabisierung der marokkanischen Justiz im Jahre 1973 durften die ausländischen Anwälte ihrer Unkenntnis der arabischen Sprache wegen nicht mehr an marokkanischen Gerichten plädieren. Sie beschäftigten also alle Mitarbeiter oder Praktikanten, die sie vor den verschiedenen Gerichtskammern vertraten; ihre eigenen Leistungen blieben somit auf den Bereich der Kanzlei begrenzt. Da ich wußte, wie wichtig persönliche Beziehungen sind in diesem Land, hatte ich allen Grund, mir, was die Lösung meines Problems betraf, Sorgen zu machen. Aber ich sah auch nicht, welcher Fachkollege Nadirs es akzeptieren würde, mir Ratschläge zu erteilen und so das Risiko einzugehen, ihn zu verstimmen.

So hatte ich mich also für Maître Delarue entschieden, der mir vom französischen Konsulat empfohlen worden war.

»Bitte setzen Sie sich, Madame.«

Maître Delarue deutete auf einen Sessel.

»Was führt Sie zu mir?«

»Voilà. Ich habe mich scheiden lassen ... und... nun, eigentlich bin ich verstoßen worden.«

Ich spürte, wie mich bei diesen Worten eine Anwandlung von Scham überkam. Wenn ich als Französin im Schoß der marokkanischen Gesellschaft eine gewisse Aura besaß – so fraglich sie auch sein mochte –, war dies bei einem französischen Mitbürger bestimmt nicht der Fall.

»Sie haben also einen Muslim geheiratet«, knüpfte er in neutralem Tonfall an

»Ja, und ich würde gern wissen, welche Rechte ich habe, wenn ich überhaupt welche habe.«

»Ist dies Ihre erste Verstoßung?«

»Ja.«

»Haben Sie Kinder, Madame?«

»Ja. Einen Jungen von sechs Jahren und eine vierjährige Tochter.«

»Sind Sie zum Islam übergetreten?«

»Ja, aber wissen Sie«, stammelte ich verlegen, »ich habe dem keinerlei Bedeutung beigemessen. Mein Gatte und seine Familie haben sehr darauf gedrängt. Es war nur eine einfache Formalität. Ich ...«

Er unterbrach mich mit einer Geste.

»Aber im Gegenteil, das ist doch sehr gut. Sie brauchen sich nicht zu rechtfertigen, Madame. Ich habe das nicht gesagt, um Sie in Verlegenheit zu bringen, vielmehr dachte ich dabei an ein eventuelles Sorgerecht für die Kinder. Ein eventuelles, wohlgemerkt, da es sich um eine erste Verstoßung handelt; Sie wissen sicherlich, daß sie keine definitive Wirkung hat.«

»Das weiß ich in der Tat. Mein Mann ist Anwalt.«

Nur ein leichtes Stirnrunzeln verriet sein Erstaunen.

»Das genau ist auch der Grund meines Besuches. Ich möchte wissen, ob ich zu meinem Gatten zurückkehren muß, wenn er es wünscht, und das auch gegen meinen Willen?«

»Ja, Madame. Falls Ihr Gatte seine Entscheidung vor Ablauf von drei Monaten zurücknimmt, wären Sie gehalten, seine Gattin zu bleiben, selbst gegen Ihren Willen. Dies gilt für die beiden ersten Verstoßungen. Erst die dritte nähme ihm das Recht, Sie als Gattin wieder anzunehmen, immer vorausgesetzt, dies wäre Ihr eigener Wunsch. Das Gesetz sieht zuerst eine rechtmäßige und auch vollzogene Wiederheirat mit einem anderen Ehemann vor, der Sie dann seinerseits verstoßen müßte.

Der Gesetzgeber war wohl der Ansicht, daß er dem ersten Gatten schon zwei Gelegenheiten eingeräumt habe, die Konsequenzen seiner Handlungsweise zu überdenken, und daß er, falls er seine Frau noch begehre, einen angemessenen Preis zahlen müsse für seinen Wankelmut. Aber in diesem Fall ist, wohlgemerkt, das Einverständnis letzterer nötig.«

»Ich müßte es eigentlich wissen, in der Tat. Aber man mißt den Dingen, die einen nicht betreffen, viel zu wenig Bedeutung bei. In Wahrheit hätte ich nie gedacht, daß dies einmal auf mich zutreffen könnte. Es ist so ... entwürdigend!

Aber man kann mich doch schließlich nicht zwingen zu bleiben, wenn ich es nicht will! Und wenn ich mich dem widersetzte, was geschähe dann?«

»Wenn Sie Ihren Gatten ohne seine Einwilligung vor Ablauf der gesetzlich vorgesehenen drei Monate verlassen, könnte er gegen Sie Anklage wegen Aufgabe des ehelichen Wohnsitzes erheben. Und wenn Sie fortgingen und ihm die Kinder überließen, Anklage wegen Preisgabe der Familie. Das wäre sehr folgenschwer für Sie.«

»Das ist empörend!«

»Das ist in der Tat empörend«, sagte er leise. »Und nur schwer annehmbar für jemanden aus dem Westen, um ehrlich zu sein, für jedes menschliche Wesen. Doch ist es nun einmal so, Madame, so lautet das Gesetz. Sie können nichts daran ändern. Ich weiß, daß man bei der Eheschließung viel zu wenig an diese Art von Auflösung denkt, aber bisweilen können die Umstände sehr mißlich werden.«

Kein Vorwurf in seiner Stimme. Eher Mitleid. Mir war nach Weinen zumute.

»Nun gut«, fuhr er fort. »Falls Ihr Gatte nicht widerruft, wäre nach Ablauf der drei Monate die Scheidung endgültig. Dann ergäbe sich das Problem des Sorgerechts für die Kinder. Da Sie Muslime sind, ist dies im Augenblick nicht von großer Bedeutung. Haben Sie vor, Marokko zu verlassen?«

»Ja, Maître. Ich möchte nach Frankreich zu meiner Familie zurückkehren.«

»Leider sieht das Gesetz vor, daß die Mutter, wenn sie das Sorgerecht für die Kinder hat, in der Nähe des väterlichen Wohnsitzes bleiben muß, damit dieser ein Auge auf die Erziehung der Kinder werfen kann. Doch soweit sind wir noch nicht. Was im Moment zählt, ist die Frage, wo und wie Sie diese gesetzlich vorgeschriebene Klausur von drei Monaten verbringen werden.«

»Ich verstehe Sie nicht.«

»Sie sind nicht verpflichtet, sich während der drei Monate am ehelichen Wohnsitz aufzuhalten, wenn Sie es nicht wünschen. Wir können den Richter bitten, Ihnen einen anderen Wohnsitz zuzuweisen, wenn Sie zum Beispiel der Ansicht sind, daß ein Leben unter demselben Dach nicht zumutbar ist«, sagte er in einladendem Ton.

Ich antwortete nicht.

»Sie müssen mir schon sagen, was Sie vorhaben«, beharrte er.

Er machte eine Pause und fuhr dann fort:

»Ihr Gatte muß Ihnen während der drei Monate eine Unterhaltsrente zahlen, damit Sie Ihren augenblicklichen Lebensstandard halten können. Sie müßten mir also Ihren genauen Bedarf mitteilen. Ich werde dann dementsprechend vorgehen.«

Ich blieb immer noch stumm.

Ich war gekommen, um etwas über meine Rechte zu erfahren, und nun verlangte man von mir, Entscheidungen zu treffen. Das kam alles zu schnell, war zu endgültig.

Maître Delarue schien meine Verwirrung zu erraten, denn er fügte rasch hinzu:

»Natürlich können und sollten Sie sich Zeit zum Nachdenken nehmen.«

»Ja«, antwortete ich ebenso rasch. »Ich muß mir all das, was Sie gesagt haben, durch den Kopf gehen lassen. Ich bin Ihnen sehr dankbar, Maître. Ich rufe Sie später an, sobald ich eine Entscheidung getroffen habe.«

Später. Ich würde ihn nicht wieder anrufen.

9

Hinter den kleinen Buden an der Place des Habbous befindet sich das Nebengebäude des Gerichtshofes Erster Instanz von Casablanca, eine Reihe schäbiger Büros, wo teilnahmslose Beamte die Zeit absitzen, die ihnen bewilligt ist.

Der Angestellte benutzt das gleiche in Schwarz geschlagene Verzeichnis wie sein Kollege auf der anderen Seite des Platzes: dieser trägt die Eheschließungen ein, jener die Aussöhnungen; auch erstattet er die von ersterem einbehaltenen Heiratsurkunden, mit dem Vermerk beider Amtshandlungen.

Mir selbst überlassen, suche ich im Hauptgang nach einem Hinweis, der mir bei der Orientierung behilflich sein könnte. Ich hatte geglaubt, die Demütigung bis zur Neige gekostet zu haben, doch eine letzte Heimsuchung verblieb.

Ungefähr vier Monate nach meiner Verstoßung hatte Nadir mich eines Tages gefragt:

»Hast du die Heiratsurkunde abgeholt?«

»...«

»Aber ja! den Trauschein. Du erinnerst dich doch gewiß, daß ich ihn den beiden Adoul übergab, als wir sie aufsuchten. Du mußt ihn an der Place des Habbous wieder abholen, dort, wo wir zusammen waren.«

»Aber ... wie denn?«

»Du brauchst nur dieselben Adoul noch einmal auf-
zusuchen. Sie werden dir schon den Weg zeigen. Ich
kann es nicht für dich tun, du mußt ihn eigenhändig
in Empfang nehmen.«

»Könntest du mir nicht einen deiner Mitarbeiter
mitgeben? Ich kann mich ja nicht einmal verständlich
machen.«

»Du glaubst doch nicht, daß ich mein Privatleben
vor meinen Mitarbeitern ausbreite? Außerdem ist es
nicht kompliziert. Du nennst deinen Namen und das
Datum unserer Vorsprache, das ist alles.«

Unschlüssig lasse ich den Blick über die Reihe der
Büros schweifen, zudringlich gemustert von den Passanten, zögere und gehe schließlich auf jene Schlange
zu, in der die meisten Frauen stehen.

In gebrochenem Arabisch verlange ich nach meinem Trauschein, bestehe darauf. Man sucht danach,
findet ihn, übergibt ihn mir. Ich erkenne ihn wieder,
stelle fest, daß einige Hieroglyphen mehr darauf stehen, nehme ihn an mich und mache mich davon.

Diese schäbige Episode meines Lebens ist jetzt ein
Jahr her. Ein Jahr ist es her, daß Feigheit und Kraft-
losigkeit die Oberhand gewannen. Ich habe nicht einmal den Versuch unternommen, zu einer achtbaren
Lösung zu gelangen. Aus freien Stücken habe ich mich
meines Stolzes und meiner Selbstachtung beraubt.

Als ich das Büro von Maître Delarue verließ, wußte ich schon, daß meine Entscheidung feststand. Ich

konnte mir vormachen, Pläne zu schmieden, und wußte doch, daß ich unfähig war, mich der neuen Lage
allein zu stellen. Man wacht nicht eines schönen Tages als Kämpfer auf, wenn man immer nur Neben-
rollen gespielt hat. Ein Leben lang unterstützt zu werden bringt zwangsweise Handikaps mit sich. Ich war
zu einer Behinderten geworden und wußte es.

Das Leben hatte mich nicht abgehärtet, und ich
fühlte mich zu erschöpft, um jetzt harten Schlägen
zu begegnen.

In der romantischen Vorstellung, die ich von der
Ehe hatte, war das Verhalten der Gatten ebenso streng
geregelt wie das im Straßenverkehr. Da es Anstands-
regeln geben mußte, da man sich unter gut erzoge-
nen Menschen nicht einfach herumstoßen durfte,
hatte die Frau naturgemäß den Vorrang. Sie war ge-
wissermaßen das Fahrzeug, das von rechts kommt,
das immer Vorfahrt hat. Die Nichtbeachtung dieser
Regel konnte für das Fahrzeug, das Vorfahrt hatte,
großen Schaden nach sich ziehen, war doch die Aufmerksamkeit des Fahrers im Vertrauen auf sein gutes
Recht eingeschläfert.

Genau das war passiert.

Ich war schwer angeschlagen, durch einen Tief-
schlag, der mir heimtückischerweise auf der unge-
deckten Seite verpaßt worden war.

Schleichend hatten die Worte Salimas: »Tu so, als
sei nichts geschehen« sich bei mir eingenistet. Der
Gedanke, daß es keinerlei Grund dafür gebe, an ei-

ner Handlung zu zerbrechen, die die einheimischen Frauen nur als Eventualität ansahen, hatte sich heimtückisch in mir festgesetzt. Da ich selbst diesem System gehuldigt hatte, mußte ich mich jetzt auch nach ihm richten.

Was ich tat.

Seit einem Jahr versuche ich, mir einzureden, daß meine Situation normal ist und nichts Entwürdigendes hat. Ein Jahr, in dessen Verlauf ich mich jeden Tag ein wenig mehr verstellte und so tat, als wäre die Wunde verheilt.

Und doch ist alles umgeschlagen.

Ich hatte nicht damit gerechnet, wie gut sich Nadir der neuen, nach der Kraftprobe entstandenen Lage anpassen würde.

Ganz so wie Nadirs Verhalten nach meinem Übertritt zum Islam familiärer geworden war, hatte sich nach der Verstoßung wiederum alles geändert.

Ich war Muslime und verstoßen, somit definitiv aufgenommen in den Schoß islamischer Frauen, jener Menschheit zweiter Klasse.

Ich erinnere mich, daß in der Zeit, als Nadir mir von den Fällen erzählte, die ihm am Herzen lagen, er auch einen Scheidungsprozeß erwähnte, den er für eine französische Klientin, Gattin eines Marokkaners, gewonnen hatte. Zu ihren Gunsten hatte er einen Umstand vorgebracht, der vom marokkanischen bürgerlichen Gesetzbuch nicht berücksichtigt wird. Der Ehemann dieser Klientin hatte eine zweite Frau genommen. Diese Wiederverheiratung, die eine muslimische Marokkanerin als normal angesehen hätte, stellte für die französische, nicht-muslimische Gattin eine schwere Beleidigung dar; in ihren Augen war die Bigamie unerträglich. Die Scheidung war ausschließlich zu Lasten des marokkanischen Gatten ausgesprochen worden.

Dieses Urteil hatte Nadir und mich nicht übermäßig überrascht. Heute dagegen macht es mich nachdenklich, daß uns damals die Implikation dieses Urteils, daß nämlich dieselbe Handlung für die eine Partei eine Beleidigung darstellt, für die andere jedoch nicht, nicht skandalös vorkam.

Wir hatten implizit eine Vorrangstellung meiner eigenen Kultur anerkannt. Doch gestern gehörte ich einer Rasse an, heute bin ich Mitglied einer anderen.

Trotzdem hatte ich so getan, als sei alles beim alten, und das Leben war weitergegangen.

Aber indem ich so weiterlebte, als sei nichts geschehen, willigte ich ein, nach Noten zu spielen, die es schon gab. Ich war nur mehr ein Instrument unter anderen, und meine Stimme mußte den Takt halten oder aussetzen. Ich mußte mich an die schriftlich fixierten Regeln halten und in der Tonart bleiben. Meine Verstoßung war eine der Stimmen in der vom Mann dirigierten und zu seinem Ruhm abgefaßten Partitur. Sie war der Kontrabaß, dessen pathetisches Tremolo nur dazu diente, die männliche Überlegenheit zu zelebrieren.

Eines Abends hatte Nadir das Haus verlassen mit dem simplen Kommentar: »Ich gehe hinüber zu S., um Touti* zu spielen.«

Der Vorschlag, ihn zu begleiten, blieb aus.

Shama hatte mir oft von diesen langen einsamen Nächten erzählt, wenn Boubker, ihr Mann, aus gleichem Grund das Haus verließ. In vielen Ehen war dies gängige Praxis. Shama ertrug diese Einsamkeit nur schlecht und schüttete mir oft ihr Herz aus. Ich antwortete unweigerlich, daß ich nicht verstünde, warum sie sich im Kreis drehe, wo es doch genüge, ein gutes Buch in die Hand zu nehmen oder sich einen guten Film anzuschauen.

Ich weiß inzwischen, daß dies nicht genügt ...

Ich hatte diesen Druck im Magen nicht auf der Rechnung, diese unvermeidbare Gewißheit der eigenen Ohnmacht.

Ich rief Shama an. Auch Boubker war beim Touti-Spiel. Sie bot mir an, den Abend in ihrer Gesellschaft zu verbringen.

»Ich spiele mit dem Gedanken, an die Uni zurückzukehren«, sagte Shama, während sie den dampfenden Pfefferminztee einschenkte. »Ich möchte meine Zeit intelligent nutzen. Die Kinder sind jetzt ein wenig größer, und ich fange an, mich zu langweilen. Was meinst du dazu?«

»Das ist eine ausgezeichnete Idee.«

»Vielleicht könnten wir das zusammen machen?«

»Oh, ich weiß nicht recht. Um ehrlich zu sein, sagt

mir das nicht so sehr zu. Und Sophia ist noch klein, sie braucht viel Zuwendung.«

»Salima wird eine Luxusboutique für Prêt-à-porter aufmachen. Sie sucht nach einem Laden. Ihre Freundin Myriam, die Stewardeß, du weißt schon, macht dabei mit. Ich halte das für eine gute Sache. Die Kaufkraft ist da. Man muß nur Geschmack haben. Mit vereinten Kräften werden sie es schaffen, glaube ich.«

»So sehe ich das auch. Das paßt gut zu Salima, und sie wird schon die passenden Artikel ausfindig machen. Ich dagegen sehe mich ganz und gar nicht in der Rolle der Ladeninhaberin. Ich könnte es nicht ertragen zu buckeln, um ein Kleid zu verkaufen.«

»Ich auch nicht. Deshalb sagt mir die Uni ja auch so zu.«

»Aber was willst du dann später damit anfangen?«

»Unterrichten vielleicht. Chadia hat es so gemacht. Jahre nach ihrer Heirat. Jetzt ist sie Assistentin an der Uni. Sie betreut Übungen im Strafrecht, glaube ich. Man muß zugeben, daß sie sehr mutig und diszipliniert war. Ich weiß noch, wie oft ihr Mann allein ausging, weil sie Examen vorbereiten mußte. Das war nicht selbstverständlich. Und übrigens auch nicht sehr vernünftig, ihn so oft allein zu lassen. Jetzt ist er sehr stolz auf sie.«

»Dann mach's doch, wenn du daran glaubst.«

»Ja, ich werde mir das ernsthaft durch den Kopf gehen lassen«, sagte Shama nachdenklich.

Der Wunsch der bourgeoisen Marokkanerin, das

Studium wiederaufzunehmen, überraschte mich. Zu früh der geistigen Nahrung entwöhnt, die ihr die Freuden der Reflexion und der Kritik offenbart und eine andere Zukunft in Aussicht gestellt hatten, zu schnell verheiratet, weil sie sich hatte einreden lassen, daß dies das erste und wichtigste sei in ihrem Leben als Frau, hatte sie die Entscheidung getroffen (aber war es überhaupt eine Entscheidung?), sich hauptsächlich um Mann und Kinder zu kümmern. Vom Wirbel der alltäglichen Ereignisse erfaßt, hatte sie die Jahre verstreichen lassen, bis zu dem Tag, da ihr die Nichtigkeit ihrer Existenz vor Augen trat. Von dieser Entdeckung überwältigt, wurde ihr mit einemmal bewußt, daß sie nichts für ihre Selbstverwirklichung getan hatte, und sie klagte nunmehr das Recht auf Anerkennung ihrer menschlichen Würde ein. Oft wußte sie selbst nicht genau, was sie wollte, war sich nur der Tatsache bewußt, daß man ihr das Leben gestohlen hatte. Ihre Forderungen fanden oft kein Echo, abgesehen vielleicht von einer herablassenden Anteilnahme.

»Ach ja! Du willst wieder studieren. Warum eigentlich nicht? Das ist eine gute Idee.«

10

Ich sah Shama immer häufiger. Nach dem Frühstück, sobald ich Mehdi und Sophia zur Schule gebracht hatte, trafen wir uns, mal bei ihr, mal bei mir. Im Lauf der Tage gab es, was Vertraulichkeiten betraf, bald keinerlei Zurückhaltung mehr. Wir enthüllten einander unser Leben, waren ehrlich, frei von Scham, aber auch ohne jeglichen Exhibitionismus. Es war einfach und gut, sich so zu öffnen, in vollkommener Symbiose, das Erleben der einen machte den Kummer der andern erträglicher. Wir fielen uns gegenseitig ins Wort, ohne uns dafür zu entschuldigen, so eilig hatten wir es, unsere Erfahrungen auszutauschen, jede von uns enttäuscht, wenn die andere ihr zuvorkam und sie nur noch hinzufügen konnte:

»Genau, mir ist genau dasselbe passiert.«

Dann sahen wir einander bewegt an. So unterschiedlich wir auch waren, was die Kultur, die Sitten, die Umstände, die uns geformt hatten, betraf, so groß waren doch die Gemeinsamkeiten, die wir in unserem Schicksal als Frau entdeckten.

»Eigentlich«, sagte Shama lachend, »müßten Frauen untereinander heiraten.«

»Ja genau«, antwortete ich, »keine Einschränkungen mehr.«

»Das wäre das Ende der Sklaverei.«

»... und der Kompromisse.«

Wir lachten.

Shama kannte jetzt mein ganzes Leben, bis hin zu den intimsten Einzelheiten.

Sie hatte als erste dieses Thema angeschnitten. Ich war zurückhaltender gewesen. Aus Schamgefühl vor allem, dann aber auch, weil Nadir ihr Bruder war. Doch sie hatte bald mein Vertrauen gewonnen.

Und ich hatte ihr alles erzählt.

Ich weiß nicht, warum ich die Veränderung jenem Tag zugeordnet hatte, an dem Nadir furzte.

Dies niederzuschreiben hinterläßt bei mir denselben anstößigen Eindruck wie damals, als ich das Geräusch vernahm.

Eines Tages also furzte Nadir. Ein kleiner Furz, gewiß, gedämpft vom Pyjama und der Djellaba, die er seit kurzem überzog, wenn er aus der Kanzlei kam. Hätte er nicht gesessen, mit überkreuzten Beinen unter der Djellaba, hätte ich es wohl für das Reiben der Schuhe auf den Fliesen gehalten. Aber nein. Es war ein Furz gewesen, ein leiser vielleicht, aber immerhin. Ich war zuerst und spontan versucht, über das Unpassende dieser Blähung zu lachen, aber das Ausbleiben jeglicher Entschuldigung hielt mich davon ab. Keine Andeutung von Verlegenheit. Ich glaubte nun, den langen Rülpser des Adel an der Place des Habbous zu vernehmen, und mir wurde plötzlich übel, als ich an den muffigen Geruch in meiner Umgebung dachte.

Ich schwieg, verblüfft, wollte etwas sagen, aber mir

fehlten die passenden Worte. Zu schwach, zu nach-
giebig waren sie, zu weit entfernt von dem, was ich
ausdrücken wollte. Zu viel, zu sehr, zu ... Es war eine
ganze Welt, die meine, die ich hätte erzählen müssen,
um auszudrücken, was ich fühlte, um herauszuschrei-
en, daß ich nicht schweigen wollte noch glauben machen, ich fände dieses Furzen normal. Daß dieser
kleine widerliche Furz nicht nur eine unpassende, unangenehme Manifestation der Eingeweide sei, sondern Ausdruck einer ganzen Gesellschaft, deren Sitten ich mit all meinen Kräften ablehnte.

Also schwieg ich.

Und dieses Verstummen war das erste in einer ganzen Reihe und führte zur Verleugnung meiner selbst.

Ich schwieg zu allem; zu den wichtigen Dingen und
den weniger wichtigen.

Und vor allem schwieg ich zu dem, was man ge-
meinhin die Erfüllung der ehelichen Pflichten nennt,
etwas, das mich belastete und das ich mehr noch
fürchtete als alles andere. Die Erfüllung der ehelichen
Pflichten. Die vollständig vollzogene Pflicht, in all
ihrer zwingenden Gewalt.

Von den beiden Leibern, die sich suchen im Ge-
nuß und im Gleichklang alle Tonarten der Lust durch-
laufen, von den beiden dankbaren Wesen, nach der
Liebe zärtlich ineinander verschlungen, blieben nur
noch zwei lächerliche Mimen, der eine grotesk in
seinem Stöhnen, die andere bemitleidenswert in ihrer
Resignation.

Erdrückt vom Gewicht des befriedigten Mannes, dachte ich, daß die Sache wieder einmal vorbei war. Daß ich sie überlebt hatte. Und daß ich nicht wußte, wie lange ich sie noch überleben würde.

Nadir machte rücksichtslos von seinem Vorrecht Gebrauch, war sein Verhalten doch doppelt gerecht- fertigt: vom Gesetz, das den Gehorsam der Gattin ge- genüber dem Angetrauten vorschreibt, und von der Religion, die den Beischlaf als heilsam für die Ruhe von Leib und Seele ansah. Im übrigen rechtfertigte er gar nichts mehr. Er nahm sich, was ihm gehörte, und ich ließ es täglich über mich ergehen.

Wiederholte Besudelungen, die selbst nachdrück- liche Reinigungen nicht zu beseitigen vermochten. Ich lernte vorzutäuschen, um das Ende schneller her- beizuführen, um den Ekel abzukürzen, der mich würgte.

Ich lernte, zweifach zu existieren. Als Yasmina, die unterwürfige, und als Mireille, die revoltierende.

Wenn ich Yasmina war, verschmolz ich mit der Rolle, die Salima mir zu spielen empfohlen hatte. Ich tat so, »als sei nichts geschehen«. Als sei ich unemp- fänglich für jegliche Empfindung. Ohne Nerven. Ohne Vitalität. Ein Stück Fleisch.

Ich lernte ja zu sagen, während mein Herz und mein Leib nein schrien.

Ich lernte, die Touti-Spiele, die Nadir zu Hause veranstaltete, liebenswürdig gutzuheißen. Ich machte sogar eine gute Figur dabei, indem ich den Tee servierte. Nadir ging zu seinen Mitspielern, wenn sie an der Reihe waren.

»Heute spielen wir bei dem und dem.«

»In Ordnung. Schönen Abend.«

Ich lächelte, um die Aufrichtigkeit meines Einverständnisses zu bekräftigen.

Ich machte Höflichkeitsbesuche bei Salima und bei meiner Schwiegermutter. Sie beantworteten sie.

Salima war gesprächiger als ich.

»Siehst du, ich hatte recht. Sie sind alle gleich, die Männer. Große jähzornige Kinder sind sie. Jetzt läuft doch alles gut, oder?«

»Ja, sehr gut. Du hattest recht.«

Aber ich war auch Mireille.

Mireille, die nicht resignierte. Die gebrochene Mireille.

Gebrochen ja, aber mit solch klarem Bewußtsein meines Verfalls, daß es mir die Sprache verschlug. Augenblicke der Hellsicht, in denen die Realität mich blendete. Wie hatte ich nur einen Moment lang glauben können, daß ich mich auslöschen, mit einer so feigen Gestalt identifizieren könnte? Diese Geduld, die man mir anpries, war in meinen Anlagen nicht vorgesehen. Es gelang mir nicht, sie mir anzueignen. Man hatte mir beigebracht, die Geduld als eine Tugend zu sehen, die notwendig ist, um große Dinge zu vollbringen. Und nicht als ein Abdanken angesichts einer Fatalität, jener, als Frau geboren zu sein.

Die Nachmittage, die ich bei Shama verbrachte,

begannen auf mir zu lasten. Trotz meiner Zuneigung zu ihr war ich unsere unergiebigen Gespräche leid. Ich fand keinen Trost mehr darin, mein Leben vor ihr auszubreiten, noch darin, mir das ihre anzuhören. Die Magie des Wortes wirkte nicht mehr. Wir käuten unsere Probleme wieder, ohne nach irgendeiner Lösung zu suchen. Es sei denn die der Resignation.

Ich ertrug Shama nicht mehr, der Dinge wegen, die ich ihr anvertraut hatte. Ich ertrug mich selbst nicht mehr, weil ich dieselben Gefühle gehabt hatte wie sie. Was hatte ich, Mireille, gebürtige Französin, gemein mit ihr, Shama, deren Zugehörigkeit erst seit 1950 als gesichert gelten konnte, seit dem Zeitpunkt, da der zivilrechtliche Status für alle Marokkaner verbindlich wurde? Ich verabscheute sie dafür, daß sie ihre Seele vor mir bloßgestellt und mich dazu gebracht hatte, die meine vor ihr bloßzustellen. Dafür, daß sie mir gezeigt hatte, wie ähnlich wir einander waren.

Ich verabscheute sie dafür, daß sie mich gewöhnlich gemacht hatte.

11

Eines Tages hatte Nadir mich nach Fes mitgenommen, damit ich seine Geburtsstadt kennenlerne. War es die Tatsache, daß er so oft voller Feuer davon gesprochen hatte, er, der seine Kindheitserlebnisse mit soviel Gefühl zu erzählen wußte?

War es einfach die natürliche Schönheit des Ortes, der zu meinen Füßen ausgebreitet lag? Ich wüßte es nicht zu sagen. Doch vom Balkon unseres Zimmers im Hotel *Morinides* aus, einem zu Ehren der berberischen Zenata-Dynastie errichteten Juwel, im Anblick dieses Schauspiels der sich dort in der Ebene erstreckenden Medina von Fes, geschmiegt an zwei Hügel, die ihre gerundeten Hänge der Ausarbeitung dieses Wunders geliehen hatten, angesichts dieser Unzahl von Minaretten, gen Himmel gerichtet wie ebenso viele Gebete, dieser überquellenden Farben auf den Dächern der Häuser, als hätte ein erleuchteter Impressionist sie festgehalten, im Anblick dieser in strahlenden Tönen gefärbten Wollsträhnen, Spritzern gleich in der Landschaft, erfuhr ich einen Augenblick so vollkommener Übereinstimmung, solchen Seelenbündnisses mit diesem Ort von halluzinativer Schönheit, daß ich damit hätte verschmelzen wollen. Ich weiß nicht, was mich damals davon abhielt, mich in die Leere zu stürzen, mit ausgebreiteten Armen. Es hätte mir nichts ausgemacht, am Grunde des Tals zu zerschellen. Vielleicht wäre ich auch gar nicht zerschellt, vielleicht wäre ich geflogen.

Heute, in meinem Bett, betäubt von den eingenommenen Tabletten, habe ich endlich in aller Schärfe begriffen, daß dies meine Lösung war. Und auch jetzt bin ich bereit, mich mit dem Ewigen zu vermählen.

Ich bin all diese Erwägungen einer besseren Zukunft leid, die, selbst wenn sie einträfe, mich nicht dieses Gefühl der Entwürdigung vergessen ließe, das ich bis ins Innerste verspüre. Ich hätte mein Unglück vergessen müssen, um zu überleben, doch es allein bleibt bestehen.

Warum sind wir im Unglück um so vieles unglücklicher als im Glücke glücklich? Man stirbt nicht an einem Übermaß an Glück. Ich gehe an Verstoßung zugrunde, dieser tödlichen Krankheit, die, sobald sie ausgebrochen ist, unausweichlich einem fatalen Ende zustrebt.

Zuerst noch verborgen auf dem Grunde der Eingeweide, greift dieses scheußliche Ungeheuer, polypengleich, die Empfindsamkeit, die Selbstachtung, die Würde an, all diese Nicht-Organe, deren Verfall bei Voruntersuchungen verborgen bleibt.

Eine Amputation ist nicht möglich, es sei denn jene des Zentrums der sinnlichen Wahrnehmungen.

Als Gott oder der Teufel oder welch okkulte Macht auch immer den Menschen erschuf, gab er ihm, in einer Anwandlung äußerster Heimtücke, zugleich mit der Intelligenz auch den Instinkt der Selbsterhaltung mit. Wäre der Mensch nur mit Intelligenz ausgestattet, hätte er schnell erkannt, daß einzig der Tod ihn von der Absurdität seiner Existenz befreien könnte. Aber der Selbsterhaltungstrieb stellt sich jeglicher Spekulation über den Nutzen von Sein oder Nichtsein entgegen. Und diese subtile Verbindung aus Intelligenz und Selbsterhaltungstrieb macht die Komplexität des Lebens aus.

Ich habe lange widerstanden, doch heute habe ich meinen Instinkt und meinen Verstand eingeschläfert.

Epilog

Mireille ist tot. Ich habe sie heute morgen unbeseelt in unserem Bett gefunden. Es sah aus, als ob sie schliefe. Zuerst habe ich leise »Yasmina« gerufen, dann inständiger, von Angst ergriffen. Schließlich sah ich die drei leeren Tablettenröhrchen auf dem Nachttisch.

Ich habe mich über sie gebeugt, gehorcht, ob sie noch atmet. Da ihr Atem stillstand, ergriff ich ihre Hand, hob den Arm. Er war so schwer, so preisgegeben, daß mich schauderte. Ich stieß die Wahrheit heftig von mir, wie eine Wirklichkeit, die nicht sein kann, nicht sein darf. Ich stieß sie mit aller Kraft zurück. Mireille. Meine kleine Mireille, warum? Ich verstehe es nicht. Warst du so verzweifelt? War unser Leben so unerträglich? Alles lief doch so gut zwischen uns. Es gab keine Streitigkeiten mehr, überhaupt keine. Du warst ruhig, heiter. Du machtest keine Bemerkungen mehr über meine Familie, über unsere Sitten, wie du es vorher oft tatest. Was ist geschehen?

Gab es etwas, was du mir verheimlichen mußtest? Einen Liebhaber? Nein, unmöglich. Nicht bei dir.

Mein Gott! Wie kann man nur so feige sein? Seine Kinder im Stich lassen? Was wird aus ihnen? Was auch immer der Grund gewesen sein mag, nie hätte eine von unseren Frauen sich so verhalten. Für ihre Kinder hätte sie alles ertragen.

Du hast vielleicht zuviel nachgedacht. Ich wußte, sah es wohl, daß du dir Fragen stelltest. Daß du so manches Mal nur widerwillig lächeltest.

Ich nehme es dir übel, Mireille, uns so im Stich gelassen zu haben.

Bei uns belasten sich die Frauen nicht mit soviel Selbstergründungsversuchen. Sie leben für ihre Kinder, ihren Gatten, ihre Familie. Das ist viel, und das genügt ihnen.

Mireille wurde noch am Nachmittag desselben Tages zur Stunde des Assar-Gebetes* auf dem Friedhof von Chouhada, einer immensen Halde von Leibern aus den Vororten von Casablanca, in der Gruft der Familie der B. begraben, d. h. auf einem nicht eingefriedeten Morgen Land, ohne Grabmal, der sich nur durch unterschiedlichen Plattenbelag von den anderen abhob.

Nur die Männer hatten sie zu ihrer letzten Stätte begleitet. In den Ländern des Islam nehmen Frauen an Beisetzungen nicht teil.

Ihre Eltern konnten an der Zeremonie nicht teilhaben, man gab ihnen nicht die Zeit. In den Ländern des Islam hält man sich nicht mit Toten auf.

Shama hatte an der Zeremonie nicht teilnehmen können, ein geheimnisvolles Fieber fesselte sie ans Bett. Salima hatte die Beerdigung vorbereitet.

Die Trauer Nadirs war angemessen.

Neun Monate später bat er durch Vermittlung von Salima um die Hand seiner jüngeren Kusine Nawel.

Er kannte sie nicht sehr gut, hatte sie nur bei ein oder zwei Familienfesten gesehen. Doch Salima versicherte, daß sie alle Bedingungen erfülle, um eine gute Gattin abzugeben.

Sie war jung (22 Jahre), gebildet (ein Diplom in Politikwissenschaft von der juristischen Fakultät in Fes), hatte eine gute traditionelle Erziehung genossen und den Schoß der Familie nie verlassen. Sie würde Mehdi und Sophia ordentlich erziehen, ihrem Cousin noch weitere Kinder schenken.

Salima kümmerte sich um alles, bis hin zu den kleinsten Details der Mitgift.

Am nächsten Freitag, zur Zeit der Andacht an den Gräbern der Verstorbenen, glaubte man dort die Silhouette von Shama zu erkennen, die in ihrer dunklen Djellaba sehr zerbrechlich und schmal aussah.

Anmerkungen

Seite 7

Adoul Die Adoul (Plural von Adel) sind in der Tradition stehende Notare, dazu befugt, alle Rechtsgeschäfte abzuwickeln, deren Authentizität beglaubigt werden muß. Doch im Gegensatz zu ihren neuzeitlichen Kollegen sind sie alleinig befugt, jene Geschäfte abzuwickeln, die zum Brauchtum der Familie gehören (Heirat, Scheidung, Erbfolge ...). Sie gehen immer zu zweit vor.

Seite 10

Fatiha Einleitende Sure des Koran

Seite 22

Barreau Anwaltsstand

Seite 25

Harira Traditionelle Suppe aus Kichererbsen, Linsen und Fleisch, die man vorwiegend in der Zeit des Ramadan zu sich nimmt.

brique wörtl.: »Ziegelstein«

Seite 27

djinn In der volkstümlichen muslimischen Folklore ist der djinn ein Flammenwesen, das verschiedene Formen annehmen kann und dessen Einfluß schädlich ist.

Seite 30

Mohammed Mehdi Bei der Taufe wird einem Schaf die Kehle durchgeschnitten, zugleich der Name des Neugeborenen genannt, dem »Mohammed« vorangestellt wird, wenn es sich um einen Jungen handelt.

Seite 42

s'hor Eine Mahlzeit, die vor dem ersten Morgengebet eingenommen wird; nach diesem Gebet darf der Muslim weder Speisen noch Getränke zu sich nehmen. Im allgemeinen besteht diese Mahlzeit aus verschiedenen Sorten Pfannkuchen (crêpes).

Seite 47

Gandoura   Eine Art Tunika, die unter dem Burnus getragen wird

Seite 58

Vers 38 der vierten Sure

Seite 82

Touti   Kartenspiel auf der Basis von (An-)Geboten; in Marokko sehr beliebt

Seite 96

Assar-Gebet   Das Gebet, das jenem zum Sonnenuntergang vorausgeht

suhrkamp taschenbücher
Eine Auswahl

Tschingis Aitmatow. Dshamilja. Erzählung. Mit einem Vorwort von Louis Aragon. Übersetzt von Gisela Drohla.
st 1579. 123 Seiten

Isabel Allende
- Eva Luna. Roman. Übersetzt von Lieselotte Kolanoske.
- Fortunas Tochter. Roman. Übersetzt von Lieselotte Kolanoske. st 3236. 486 Seiten
- Das Geisterhaus. Übersetzt von Anneliese Botond.
  st 1676. 500 Seiten
- Paula. Übersetzt von Lieselotte Kolanoske.
  st 2840. 488 Seiten

Ingeborg Bachmann. Malina. Roman. st 641. 368 Seiten

Ulrich Beck/Elisabeth Beck-Gernsheim. Das ganz normale Chaos der Liebe. st 1725. 301 Seiten

Jurek Becker
- Amanda herzlos. Roman. st 2295. 384 Seiten
- Bronsteins Kinder. st 2954. 321 Seiten
- Jakob der Lügner. Roman. st 774. 283 Seiten

Samuel Beckett
- Molloy. Roman. Übersetzt von Erich Franzen.
  st 2406. 248 Seiten
- Warten auf Godot. Deutsche Übertragung von Elmar Tophoven. Vorwort von Joachim Kaiser. st 1. 245 Seiten

Louis Begley
- Lügen in Zeiten des Krieges. Roman. Übersetzt von Christa Krüger. st 2546. 223 Seiten
- Schmidt. Roman. Übersetzt von Christa Krüger. st 3000. 320 Seiten
- Schmidts Bewährung. Roman. Übersetzt von Christa Krüger. st 3436. 314 Seiten

Walter Benjamin. Illuminationen. Ausgewählte Schriften. Herausgegeben von Siegfried Unseld. st 345. 417 Seiten

Thomas Bernhard
- Alte Meister. Komödie. st 1553. 311 Seiten
- Heldenplatz. st 2474. 164 Seiten
- Holzfällen. st 3188. 336 Seiten
- Wittgensteins Neffe. st 1465. 164 Seiten

Peter Bichsel
- Eigentlich möchte Frau Blum den Milchmann kennenlernen. 21 Geschichten. st 2567. 73 Seiten
- Kindergeschichten. st 2642. 84 Seiten
- Zur Stadt Paris. Geschichten. st 2734. 120 Seiten

Volker Braun. Hinze-Kunze-Roman. st 3194. 240 Seiten

Bertolt Brecht
- Dreigroschenroman. st 1846. 392 Seiten
- Geschichten vom Herrn Keuner. st 16. 108 Seiten
- Hundert Gedichte. Ausgewählt von Siegfried Unseld. st 2800. 188 Seiten

Lily Brett
- Einfach so. Roman. Übersetzt von Anne Lösch. st 3033. 446 Seiten
- Zu sehen. Übersetzt von Anne Lösch. st 3148. 332 Seiten

Antonia S. Byatt. Besessen. Roman. Übersetzt von Melanie Walz. st 2376. 632 Seiten

Truman Capote. Die Grasharfe. Roman. Übersetzt von Annemarie Seidel und Friedrich Podszus. st 3135. 208 Seiten

Paul Celan. Gesammelte Werke 1-3. Gedichte, Prosa, Reden. Drei Bände. st 3202-3204. 998 Seiten

Clarín. Die Präsidentin. Roman. Übersetzt von Egon Hartmann. Mit einem Nachwort von F. R. Fries. st 1390. 864 Seiten

Sigrid Damm. Ich bin nicht Ottilie. Roman. st 2999. 392 Seiten

Marguerite Duras. Der Liebhaber. Übersetzt von Ilma Rakusa. st 1629. 194 Seiten

Karin Duve. Keine Ahnung. Erzählungen. st 3035. 167 Seiten

Tristan Egolf. Monument für John Kaltenbrunner. Roman. Übersetzt von Frank Heibert. st 3382. 528 Seiten

Hans Magnus Enzensberger
- Ach Europa! Wahrnehmungen aus sieben Ländern. Mit einem Epilog aus dem Jahre 2006. st 1690. 501 Seiten
- Gedichte. Verteidigung der Wölfe. Landessprache. Blindenschrift. Die Furie des Verschwindes. Zukunftsmusik. Kiosk. Sechs Bände in Kassette. st 3067. 633 Seiten

Hans Magnus Enzensberger (Hg.). Museum der modernen Poesie. st 3446. 850 Seiten

Laura Esquivel. Bittersüße Schokolade. Mexikanischer Roman um Liebe, Kochrezepte und bewährte Hausmittel. Übersetzt von Petra Strien. st 2391. 278 Seiten

Max Frisch
- Andorra. Stück in zwölf Bildern. st 277. 127 Seiten
- Biedermann und die Brandstifter. Ein Lehrstück ohne
  Lehre. st 2545. 95 Seiten
- Homo faber. Ein Bericht. st 354. 203 Seiten
- Mein Name sei Gantenbein. Roman. st 286. 288 Seiten
- Montauk. Eine Erzählung. st 700. 207 Seiten
- Stiller. Roman. st 105. 438 Seiten

Norbert Gstrein. Die englischen Jahre. Roman.
st 3274. 392 Seiten.

Fattaneh Haj Seyed Javadi. Der Morgen der Trunkenheit.
Roman. Übersetzt von Susanne Baghstani. st 3399. 416 Seiten

Peter Handke
- Die drei Versuche. Versuch über die Müdigkeit. Versuch
  über die Jukebox. Versuch über den geglückten Tag.
  st 3288. 304 Seiten
- Kindergeschichte. st 3435. 110 Seiten
- Der kurze Brief zum langen Abschied. st 172. 195 Seiten
- Die linkshändige Frau. Erzählung. st 3434. 130 Seiten
- Mein Jahr in der Niemandsbucht. Ein Märchen aus den
  neuen Zeiten. st 3084. 632 Seiten
- Wunschloses Unglück. Erzählung. st 146. 105 Seiten

Christoph Hein
- Der fremde Freund. Drachenblut. Novelle. st 3476. 176 Seiten
- Horns Ende. Roman. st 3479. 320 Seiten
- Willenbrock. Roman. st 3296. 320 Seiten

Marie Hermanson. Muschelstrand. Roman. Übersetzt von
Regine Elsässer. st 3390. 304 Seiten

NF 265/4/1.03

Hermann Hesse
- Demian. Die Geschichte von Emil Sinclairs Jugend.
  st 206. 200 Seiten
- Das Glasperlenspiel. Versuch einer Lebensbeschreibung des
  Magister Ludi Josef Knecht samt Knechts hinterlassenen
  Schriften. st 2572. 616 Seiten
- Siddhartha. Eine indische Dichtung. st 182. 136 Seiten
- Unterm Rad. Erzählung. st 52. 166 Seiten

Ödön von Horváth
- Geschichten aus dem Wiener Wald. st 2370. 246 Seiten
- Glaube, Liebe, Hoffnung. st 2372. 158 Seiten
- Jugend ohne Gott. st 3345. 182 Seiten

Bohumil Hrabal. Ich habe den englischen König bedient.
Roman. Übersetzt von Karl-Heinz Jähn. st 1754. 301 Seiten

Uwe Johnson
- Jahrestage. Aus dem Leben der Gesine Cresspahl. Einbän-
  dige Ausgabe. st 3220. 1728 Seiten
- Mutmassungen über Jakob. st 3128. 308 Seiten

James Joyce
- Dubliner. Übersetzt von Dieter E. Zimmer.
  st 2454. 228 Seiten
- Ulysses. Roman. Übersetzt von Hans Wollschläger.
  st 2551. 988 Seiten

Franz Kafka
- Amerika. Roman. st 2654. 311 Seiten
- Der Prozeß. Roman. st 2837. 282 Seiten
- Das Schloß. Roman. st 2565. 424 Seiten

André Kaminski. Nächstes Jahr in Jerusalem. Roman.
st 1519. 392 Seiten

Bodo Kirchhoff. Infanta. Roman. st 1872. 502 Seiten

Wolfgang Koeppen
- Tauben im Gras. Roman. st 601. 210 Seiten
- Der Tod in Rom. Roman. st 241. 187 Seiten
- Das Treibhaus. Roman. st 78. 190 Seiten

Else Lasker-Schüler. Gedichte 1902-1943. st 2790. 439 Seiten

Gert Ledig. Vergeltung. Roman. Mit einem Nachwort von
Volker Hage. st 3241. 224 Seiten

Stanisław Lem
- Der futurologische Kongreß. Übersetzt von I. Zimmer-
  mann-Göllheim. st 534. 139 Seiten
- Sterntagebücher. Mit Zeichnungen des Autors. Übersetzt
  von Caesar Rymarowicz. st 459. 478 Seiten

Hermann Lenz. Vergangene Gegenwart. Die Eugen-Rapp-
Romane. Neun Bände in Kassette. 3000 Seiten

H. P. Lovecraft. Cthulhu. Geistergeschichten. Übersetzt von
H. C. Artmann. Vorwort von Giorgio Manganelli.
st 29. 239 Seiten

Amin Maalouf
- Leo Africanus. Der Sklave des Papstes. Roman. Übersetzt
  von Bettina Klingler und Nicola Volland. st 3121. 480 Seiten
- Samarkand. Roman. Übersetzt von Widulind Clerc-Erle.
  st 3190. 384 Seiten

Andreas Maier. Wäldchestag. Roman. st 3381. 315 Seiten

Angeles Mastretta. Emilia. Roman. Übersetzt von Petra
Strien. st 3062. 413 Seiten

NF 265/6/1.03

Robert Menasse
- Schubumkehr. Roman. st 2694. 180 Seiten
- Selige Zeiten, brüchige Welt. Roman. st 2312. 374 Seiten
- Sinnliche Gewißheit. Roman. st 2688. 329 Seiten

Eduardo Mendoza. Die Stadt der Wunder. Roman. Übersetzt von Peter Schwaar. st 2142. 503 Seiten

Alice Miller
- Am Anfang war Erziehung. st 951. 322 Seiten
- Das Drama des begabten Kindes und die Suche nach dem wahren Selbst. st 950. 175 Seiten

Magnus Mills. Die Herren der Zäune. Roman. Übersetzt von Katharina Böhmer. st 3383. 216 Seiten

Haruki Murakami. Wilde Schafsjagd. Roman. Übersetzt von Anneliese Ortmanns-Suruki und Jürgen Stalph. st 2738. 306 Seiten

Adolf Muschg
- Der Rote Ritter. Eine Geschichte von Parzivâl. st 2581. 1089 Seiten
- Sutters Glück. Roman. st 3442. 336 Seiten

Cees Nooteboom
- Allerseelen. Übersetzt von Helga van Beuningen. st 3163. 440 Seiten
- Die folgende Geschichte. Übersetzt von Helga van Beuningen. st 2500. 148 Seiten
- Rituale. Roman. Übersetzt von Hans Herrfurth. st 2446. 231 Seiten

Kenzaburô Ôe. Eine persönliche Erfahrung. Roman. Übersetzt von Siegfried Schaarschmidt. st 1842. 240 Seiten

Sylvia Plath. Die Glasglocke. Übersetzt von Reinhard Kaiser. st 2854. 262 Seiten

Ulrich Plenzdorf. Die neuen Leiden des jungen W. st 300. 140 Seiten

Marcel Proust. Auf der Suche nach der verlorenen Zeit. Übersetzt von Eva Rechel-Mertens. Drei Bände in Kassette. st 3209. 4195 Seiten

João Ubaldo Ribeiro. Brasilien, Brasilien. Roman. Übersetzt von Curt Meyer-Clason und Jacob Deutsch. st 3098. 731 Seiten

Patrick Roth. Meine Reise zu Chaplin. Ein Encore. st 3439. 98 Seiten

Ralf Rothmann
- Flieh, mein Freund! Roman. st 3112. 278 Seiten
- Milch und Kohle. Roman. st 3309. 224 Seiten

Jorge Semprun. Was für ein schöner Sonntag! Übersetzt von Johannes Piron. st 3032. 394 Seiten

Arnold Stadler. Mein Hund, meine Sau, mein Leben. Roman. Mit einem Nachwort von Martin Walser. st 2575. 164 Seiten

Andrzej Stasiuk. Die Welt hinter Dukla. Roman. Übersetzt von Olaf Kühl. st 3391. 175 Seiten

Jürgen Teipel. Verschwende Deine Jugend. Ein Doku-Roman. Über den deutschen Punk und New Wave. Vorwort von Jan Müller. Mit zahlreichen Abbildungen. st 3271. 336 Seiten

Hans-Ulrich Treichel
- Tristanakkord. Roman. st 3303. 238 Seiten
- Der Verlorene. Erzählung. st 3061. 175 Seiten

Galsan Tschinag
- Der blaue Himmel. Roman. st 2720. 178 Seiten
- Die graue Erde. Roman. st 3196. 288 Seiten
- Der weiße Berg. Roman. st 3378. 290 Seiten

Mario Vargas Llosa
- Das Fest des Ziegenbocks. Roman. Übersetzt von Elke Wehr. st 3427. 540 Seiten
- Das grüne Haus. Roman. Übersetzt von Wolfgang A. Luchting. st 342. 429 Seiten
- Der Krieg am Ende der Welt. Roman. Übersetzt von Anneliese Botond. st 1343. 725 Seiten
- Tante Julia un der Kunstschreiber. Roman. Übersetzt von Heidrun Adler. st 1529. 392 Seiten
- Tod in den Anden. Roman. Übersetzt von Elke Wehr. st 2774. 384 Seiten

Martin Walser
- Brandung. Roman. st 1374. 319 Seiten
- Ehen in Philippsburg. 1209. st 1209. 343 Seiten
- Ein fliehendes Pferd. Novelle. st 600. 151 Seiten
- Halbzeit. Roman. st 2657. 778 Seiten
- Ein springender Brunnen. Roman. st 3100. 416 Seiten
- Seelenarbeit. Roman. st 3361. 300 Seiten

Robert Walser
- Der Gehülfe. Roman. st 1110. 316 Seiten
- Geschwister Tanner. Roman. st 1109. 381 Seiten
- Jakob von Gunten. Ein Tagebuch. st 1111. 184 Seiten